Taras

Eine ukrainisch - deutsche Lebensgeschichte

Ein Buch von Aenne Kürzel

Bibliografische Information der Deutschen Nationalbibliothek
Die Deutsche Nationalbibliothek verzeichnet diese Publikation
in der Deutschen Nationalbibliografie; detaillierte bibliografische
Daten sind im Internet über http://dnb.d-nb.de abrufbar.

© 2014 Aenne Kürzel
Umschlagdesign, Herstellung und Verlag:
BoD - Books on Demand
ISBN 978-3-7357-3106-7

Zu diesem Buch schreibt die Tochter der Autorin, Sabine Kürzel, im Mai 2012:

In ihrem Buch schildert meine Mutter Stationen aus dem schicksalhaften, außergewöhnlichen Leben des Ukrainers Taras Dimitrowitsch Ruditsch aus Kiew, der Pilot der russischen Armee war und lange auf der Insel Sachalin lebte. Meine Mutter lernte Taras im Jahr 2001 kennen.

Seine Geschichte:
Taras flüchtet 1939 als 7-jähriger mit seinen Eltern aus der Ukraine nach Deutschland, da sein Vater von der Roten Armee verfolgt wird. Die Familie lebt 5 Jahre in Bad Oeynhausen bei Osnabrück. Im Juni 1944 verliert Taras durch einen Bombenangriff der Amerikaner auf den Bahnhof in Debrecen (Ungarn) seine gesamte Familie. Deutsche Fliegersoldaten bringen den verletzten 12-jährigen in ein Lazarett und anschließend nach Oberschlesien auf einen Gutshof. Als die russischen Soldaten dort eintreffen wird Taras abermals Zeuge schrecklicher Kriegsgeschehen. 1945 nimmt ihn die Familie *Bruno und Elisabeth Kürzel*
in Sachsen auf (meine Großeltern). Taras findet bei den Pflegeeltern ein neues Zuhause und freundet sich mit dem gleichaltrigen Sohn *Klaus* an (mein Vater) sowie mit den beiden Töchtern *Ines* und *Rosemarie*. Die
unbeschwerte Zeit in der Pflegefamilie dauert kaum zwei Jahre, denn 1946 muss er die Familie verlassen. Die Kommunisten, vor denen sein Vater geflüchtet ist, schicken den 14-jährigen Taras zurück in die Ukraine. Dort sucht er nach Verwandten, muss die russische Sprache erlernen und seine Kontakte nach Sachsen abbrechen.

Er wird Pilot bei der russischen Armee, heiratet und bekommt einen Sohn. 55 Jahre lang denkt er oft an seine Pflegeeltern Bruno und Elisabeth Kürzel, an Klaus, Ines und Rosemarie und hofft, sie eines Tages wiederzusehen.

Mit 69 Jahren findet Taras durch einen glücklichen Zufall in Ungarn eine Spur, die ihn zu meinem Vater führt. Mit dem Fernbus reist er aus Kiew nach Osnabrück, um meinen Vater in Berge wiederzusehen. Auch trifft er die Schwestern meines Vaters, Ines und Rosemarie, wieder. Er trägt u.a. ein Foto eines deutschen Soldaten bei sich, denn auch seine Spur möchte er gerne finden.

Der plötzliche Tod meines Vaters im Jahr 2004 trifft nicht nur meine Mutter, sondern auch Taras. Er verliert seinen Freund, den er gerade erst wiedergefunden hat. Bald findet Taras in meiner Mutter eine Weggefährtin,
die ihm zuhört, seine Geschichte aufschreibt und ihm dabei hilft, seine letzten „Missionen" zu erfüllen – zusammen begeben sie sich auf eine Reise durch Ungarn und die Ukraine.

Nicht zuletzt ist es auch ein Buch über die Liebe zweier älterer Menschen, die durch die Reise in Taras schicksalhafte Vergangenheit zueinander finden.

für Taras

1

Der Anruf

Sonntagnachmittag im Spätsommer 2001.
Wir trinken gerade Kaffee, als das Telefon klingelt.
Mein Mann Klaus nimmt ab.
Es meldet sich ein Herr Zimmermann aus der Schweiz:
„Sind sie Klaus Kürzel?" fragt er.
„Ja – wieso?" antwortet Klaus.
„Sagt Ihnen der Name Taras Ruditsch etwas?"
„Ja, mein Gott, das ist lange her, Taras, mein Freund aus Kindertagen, mein Pflegebruder!" sagt Klaus erstaunt.
Herr Zimmermann erklärt: „Mit dem habe ich gestern gesprochen.
Es war in Ungarn, im Zug nach Debrecen. Er spricht noch recht gut Deutsch. Es ist sein größter Wunsch, einen Klaus Kürzel wiederzusehen. Ich habe ihm versprochen, per Internet zu suchen und freue mich sehr, dass ich Sie gefunden habe.
Ihre Telefonnummer werde ich an Taras Ruditsch weiterleiten."

Es ist still geworden im Raum, die Gespräche sind verstummt. Jeder hält den Atem an. Man spürt, dass etwas Ungewöhnliches geschehen ist. Klaus ist ganz aufgeregt.
„Taras - das sind über 50 Jahre her. Mein Gott, ist das denn möglich?" Er hat Tränen in den Augen und kann es kaum glauben.
So oft hat er von Taras gesprochen, von den Kinderjahren erzählt, die sie gemeinsam verbracht haben. Wie traurig und voller Empörung alle waren, als Taras die Familie wieder verlassen musste. Meine Schwiegermutter hat oft gesagt: "Was mag wohl aus dem Taras geworden sein? Wenn der wüsste wo wir sind, würde er bestimmt kommen."
Taras war nach dem Ende des zweiten Weltkrieges, im April 1945, als zwölfjähriger elternloser Junge von Klaus Eltern aufgenommen

worden, die damals in Sachsen lebten. Er hatte mit Klaus zusammen die Oberschule in Nossen besucht. Sachsen gehörte zur sowjetischen Besatzungszone (SBZ) und man war dabei, das kommunistische Regime zu errichten. Die Schulleiterin in Nossen, eine deutsche Kommunistin, war der Meinung, dass Taras, der in der Ukraine geboren war, nicht in einer deutschen Familie im Sinne des Regimes erzogen werden könne. Meine Schwiegereltern versuchten alles, um ihn zu behalten, aber die Politik war stärker. Ende November 1946 mussten sie ihn zur russischen Kommandantur bringen.

Nur einmal kam über diese Kommandantur ein Brief von ihm aus der Karpaten-Ukraine. Danach hatten sie nie wieder ein Lebenszeichen von ihm bekommen.

Klaus wartet nun jeden Tag auf eine Nachricht und nach etwa einer Woche kommt der Anruf:

"Klaus, das ist Taraaas!"

„Taras, wo bist Du?"

„Ich bin in Kiew, aber wo bist du?"

„In Berge."

„Berge? Wo ist das? Sag` eine größere Stadt."

„Osnabrück."

„Osnabrück, Bielefeld, Bad Oeynhausen – das kenne ich."

Sie tauschen ihre Adressen aus und Klaus will sofort für die Einladung seines Freundes ein Visum beantragen.

Klaus wundert sich: Taras lebt in Kiew, aber er kennt Osnabrück, Bielefeld und Bad Oeynhausen.

2

Das Wiedersehen

„Wie erkenne ich dich?" fragt Klaus am Telefon.

„Ich seh' aus wie Fidel Castro" ist die Antwort von Taras.

Auf Anhieb erkennen sich beide in der Nacht auf dem Fernbusbahnhof in Osnabrück.

Sie sind sofort wieder auf der "gleichen Wellenlänge" und erzählen von ihrem Leben. Klaus von unserer Familie, den drei erwachsenen Kindern und den zwei Enkelkindern.

Taras erzählt, dass seine Frau vor Jahren gestorben ist. Er hat einen Sohn, der in Kasachstan verheiratet ist und auch zwei Kinder hat.

Taras weint, als er nach den Eltern von Klaus fragt, nach Bruno und Elisabeth Kürzel, die inzwischen verstorben sind. „Aber Ines und Rosemarie, wie geht es ihnen?" „Sie freuen sich schon auf dich," sagt Klaus, „sie kommen in ein paar Tagen zu meinem 70sten Geburtstag." Ines und Rosemarie sind die beiden Schwestern von Klaus.

Wir sind inzwischen zu Hause angekommen. Taras ist von der dreißigstündigen Busreise erschöpft, aber er öffnet zuerst einmal eine riesengroße kleinkarierte Plastiktasche und hat für jeden von uns Geschenke mitgebracht. Sogar einen großen Samowar für Tee hat er im Bus transportiert.

Es wird ein Begrüßungsschluck getrunken und wir erzählen fast die ganze Nacht. Die Zeit in Sachsen, die Klaus und Taras gemeinsam verbracht haben, wird wieder lebendig.

„Diese Zeit mit euch war für mich so wichtig," sagt Taras „sie hat mir soviel Kraft gegeben."

Er hat seine alten Bilder mitgebracht und wir staunen, dass er diese Fotos nach so langer Zeit noch besitzt.

Bilder aus der Kinderzeit!

Sie zeigen Klaus und Taras zusammen auf einem Passfoto.

Einmal sitzen alle Kinder auf einem geschmückten Erntewagen, der von einem Esel gezogen wird. Es ist das erste Erntefest nach dem Krieg. Dabei trägt Ines ein Schild um den Hals auf dem "Jungbäuerin" steht, und Taras ist mit dem gleichen Schild dekoriert, auf dem „Jungbauer" steht. Rosemarie ist noch klein – vier Jahre alt.

Taras (rechts) mit seinen Pflegegeschwistern Rosemarie (links), Klaus und Ines Kürzel 1946 auf dem Gut Stockhausen bei Nossen in Sachsen. Das erste Erntefest nach dem Krieg.

Taras (rechts) mit seinem Pflegebruder Klaus Kürzel 1945

Taras Pflegeeltern Bruno und Elisabeth Kürzel

11

Taras Pflegeschwestern Ines (links) und Rosemarie Kürzel 1946

Dann zeigt Taras die einzelnen Blätter eines Poesiealbums.
„Ja" sagt er zu Klaus, „als damals die Nachricht kam, dass ich euch verlassen musste, habt ihr am 25. November 1946 alle in mein Album geschrieben, die Oma Lina, Tante Liesel, Onkel Bruno, Ines und du."

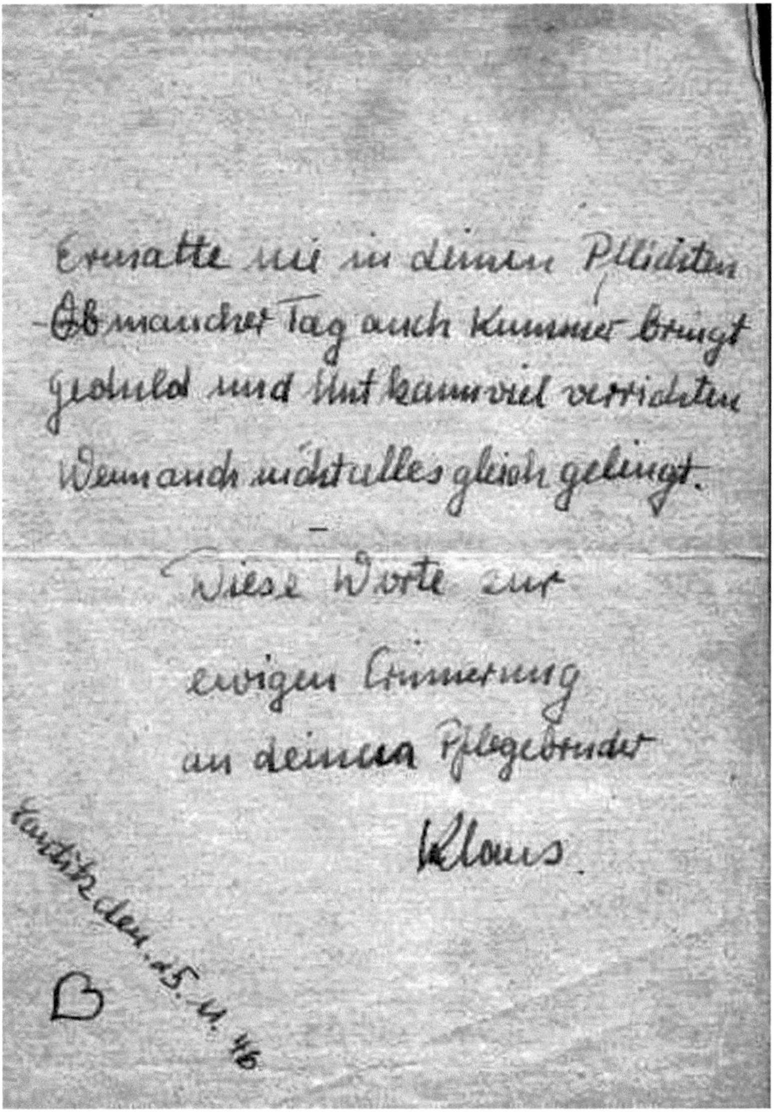

Ermatte nie in deinen Pflichten
- Ob mancher Tag auch Kummer bringt
Geduld und Mut kann viel verrichten
Wenn auch nicht alles gleich gelingt.
-

Diese Worte zur

ewigen Erinnerung
an deinen Pflegebruder

Klaus.

Laubsee, den 15.11.46

Genieße was Dir Gott
Beschieden entbehre gern.
Was Du nicht hast
Ein jeder Stand hat
seinen Frieden ein
Jeder Stand hat seine Last.

Dies schrieb
Dir zur bl. Erinn.
ewig Deine Pflegeschwest.

Ines.

Gautis d. 25.11.1946.

14

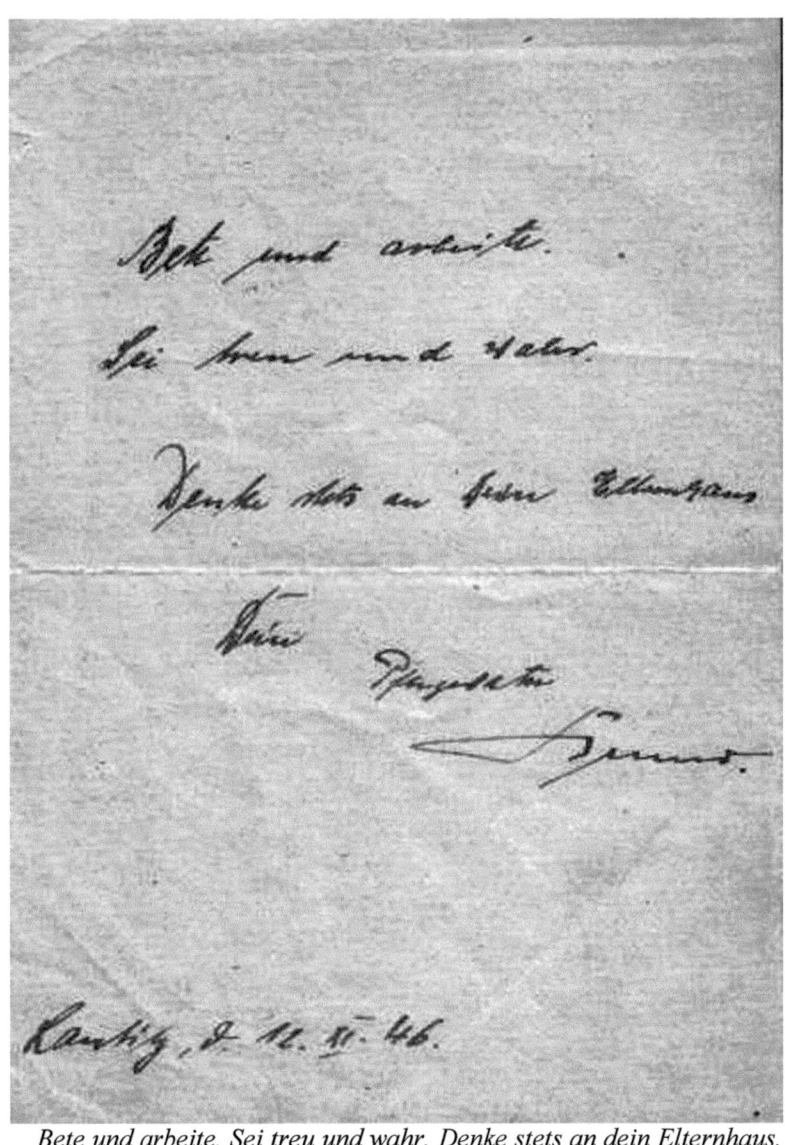

Bete und arbeite. Sei treu und wahr. Denke stets an dein Elternhaus.
Dein Pflegevater Bruno.

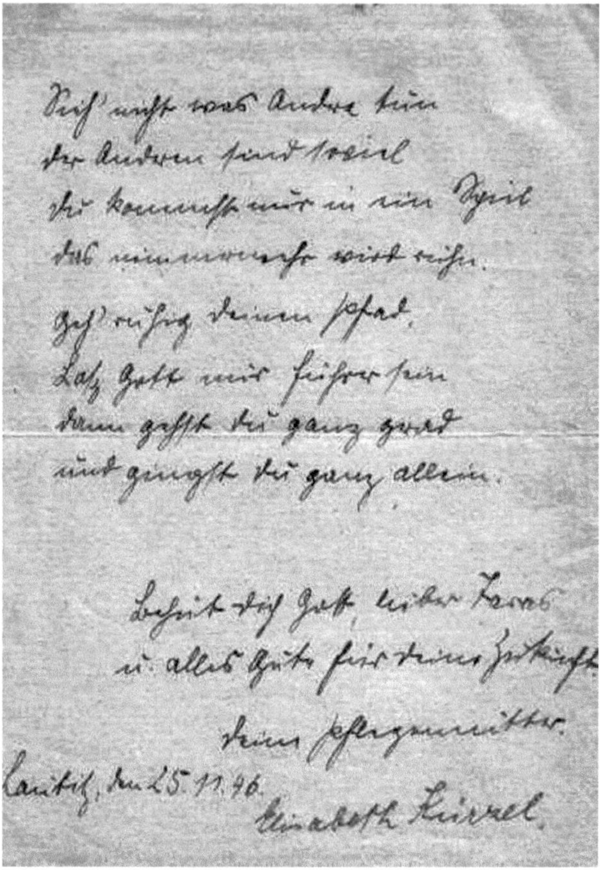

Sieh nicht was andere tun
Der Anderen sind soviel
Du kommst nur in ein Spiel,
das nimmermehr wird ruh'n.
Geh' ruhig deinen Pfad,
lass Gott nur Führer sein.
Dann gehest du ganz grad,
und gingst du ganz allein.

Behüt dich Gott, lieber Taras u. alles Gute für Deine Zukunft.
Deine Pflegemutter
Lautitz, den 25.11.46   Elisabeth Kürzel

Mit Gott fang an, mit Gott hör`auf,
das ist der beste Lebenslauf.
In allen Stürmen in aller Not,
wird er Dich beschirmen,
der treue Gott.

Dies schreibt mein lieber Taras zur freundlichen Erinnerung an Deine Oma

„Alle Bilder und das Album habe ich wie einen Schatz gehütet. Ich hatte alles in der Ukraine in meinem Geburtsort Saritschewo in einem alten Schuppen versteckt."

Die Tränen fließen und wir erfahren, wie Taras zu seinen Verwandten in die Ukraine gelangte.
„Von Nossen aus wurde ich in verschiedene Verteilungslager geschickt, wo ich mich registrieren lassen musste. Zunächst in Brandenburg und dann in Grodnow in Weißrussland. Ich erinnere mich, dass in diesen Sammel- oder Verteilungslagern unzählige heimatlose Menschen auf engstem Raum lebten. Es waren wohl ehemalige Gefangenenlager. Einmal wollte ich mir, da es sehr kalt war, die Hände an einem Ofen wärmen, der irgendwo in einer Ecke stand. Als ich zu meinem Schlafplatz zurück kam, hatte man mir meinen Koffer mit allen warmen Sachen, die mir Tante Liesel eingepackt hatte, gestohlen. Von der Lagerleitung bekam ich eine Decke und eine alte Militärjacke. Später wurde auch der Koffer gefunden. Die Kleidungsstücke waren verschwunden, aber Gott sei Dank waren die Bilder und mein Album usw. noch da.
Von Grodnow schickte man mich in Richtung West-Ukraine in Richtung Lemberg und dann weiter in die Karpaten-Ukraine. Es war nicht einfach, die Verwandten meiner Mutter zu suchen, denn ich war sieben Jahre alt, als wir die Heimat verließen. Ich konnte mich kaum verständigen, denn ich kannte nur noch die deutsche Sprache. Ich war fast acht Wochen unterwegs, als ich endlich das Dorf Saritschewo fand, wo ich geboren bin. Ein Bruder meiner Mutter nahm mich in seine Familie auf.
Es war im Januar 1946. Ich weiß das deshalb so genau, weil ich ein paar Tage später meinen 15. Geburtstag hatte.
Ich habe 1949 noch einen langen Brief von Ines bekommen.
Auch deine Eltern und die Oma Lina haben mir eine ganze Seite geschrieben, sogar Rosemarie ein paar Zeilen", erzählt Taras.

Damals lebtet Ihr schon auf Eurem Hof in Prauske und Du warst auf einem Universitätsgut in der Nähe von Leipzig in der Lehre", sagt er zu Klaus.

„Diesen Brief von Ines habe ich so oft gelesen!"

Ndt.- Prauske, am
15. 9. 1949

Mein lieber Taras!
Ich will nun anfangen und Deinen lieben Brief beantworten. Als Dein Brief bei uns ankam war ich garnicht zu Hause. Rosemarie, Oma und ich waren in Berthelsdorf bei Beiers, Du kennst sie auch. Du bist bestimmt ein großer Mann geworden, aber ich bin ein großes Mädel geworden. Du müßtes mich mal sehen. Zöpfe habe ich keine mehr. Ich habe jetzt Korkenzieher weißt Du solche lange Locken, die hängen bis auf die Schültern. Ich bin ja nun auch schon aus der Schule und gehe nächstes in die Lehre. Klaus geht schon lange nicht mehr in die Schule er hat schon bald ausgelernt, dann wird er studieren Landwirt wie der Papa. Papa ist nicht mehr administrator. Wir haben selber jetzt ein Bauernhof 49 ha groß. Wir haben 5 Pferde 4 Stuten sind dabei. 1 Zugmaschine und Schweinezucht haben wir auch u.s.w. das wird Dir Papa schon alles schreiben. Ich denke immer viel an Dich, als ich vor kurzem Deine Sselfte alle fand, da war mir so als ob da noch bei uns seist. Wenn Du nur einmal wieder kämst, Dein Bild steht auf dem Schreibtisch. Rosemarie ist ein richtiger Junge geworden. Wir müssen Dir mal ein Bild schicken. Ich war krank bin heute das erstemal wieder aufgestanden. Du hast eine schönere Handschrift jetzt als damals. Gibt es dort auch „Molche" das waren schreckliche Tiere die konnte ich nicht leiden. Die Adresse

habe ich geschrieben. Papa hat aber beim Über=
setzen geholfen. Ich finde Russisch ist sehr
schwer. Herr Teichler ist auch noch bei uns
er ist verlobt, kennst Du die Christa Zesche? Die
ist seine Braut. Wohnst Du noch bei Deinem
Onkel. Wir wohnen in der Heide, die Felder sind
sandig, rings um unser Dorf ist nichts als
Wald. Schön ist es hier. Wir sind schon 2
Jahre hier. Bis heute war immer schönes
Wetter aber jetzt wird regnet es und ist auch
kalt geworden. Schreibe uns nur einmal
was Du eigentlich gelernt hast, da bin ich
ganz neugierig. Hast Du Deine Schneeschuhe
noch? Ich habe jetzt dem Klaus seine.
Deine lange Hose hatte ich voriges Jahr
immer im Winter an jetzt sind sie mir
zu klein. Ich bin so groß wie Mutti ist, und
Klaus ist so groß wie Papa. Er kommt im
Winter nach Hause. Ich fahre zu seinem
Geburtstage hin, da wird er 18 Jahre. Du
bist 17 Jahre und ich bin 14 Jahre Rosel
ist 8 Jahre. Der Greif ist ein großer Kerl
geworden er sieht sehr schön aus. Die Bella
haben wir schon lange nicht mehr. Klaus
ist in Zinnersdorf bei Leipzig, Papa und
Mutti waren ihn besuchen, sie sind gestern
wieder gekommen. Deinen Brief schreibe ich
mit einem ganz neuen Füllhalter den habe
ich erst bekommen. Unser Auto haben wir
verkauft. Klaus hat sein Motorad auch verkauft
und hat sich ein großes Schifferklavier
dafür gekauft. Deine alten Turnschuhe

3.)

fand ich auch auf dem Boden, die habe ich immer in der Küche zur Arbeit an, die passen ganz prima. Bist Du schon zur 1. heiligen Kommunion gewesen? Ist bei Euch im Dorf auch eine Kirche? Bete nur immer recht das wir uns bald einmal wieder sehen. Wir sind sonst alle frisch und munter. Unser Gut ist auch ein Lehrbetrieb wir wollen wieder einen Lehrling nehmen. Ich gehe fast jeden Sonntag in die Kirche. Möge Dich der liebe Gott behüten und das Du gesund bleibst. Nun will ich aber bald dem Ende zugehen.
Bleibe gesund, und schreibe uns bald einen langen Brief.
Viele tausend Grüße von Deiner

Pflegeschwester
Ines.

Unsre Adresse

Familie
    Bruno Trübel
    Vorwerk Klt.-Prauske
(10a)   bei Rietschen
    Kreis Niesky O. L.

Mein lieber Taraz.
Ich denke so oft an Dich, Schade, das du nicht mehr bei uns bist. Hoffentlich kommst du bald. Herzliche g Grüße Deine

Rosemarie

Mein lieber Taras:

Nun hat Ines alles mitgeteilt. Wir haben uns sehr über Deinen lieben Brief gefreut. Derselbe ist nicht lange gegangen. Von Dir haben wir einmal Nachricht bekommen als du an die Kommandantur nach Löben den Brief geschickt hast, sonst haben wir noch nichts gehört. Hans ist auf dem Universitätsgut als Lehrling und muß nächstes Jahr auf einen Saatzuchtbetrieb, um sich weiter auszubilden und dann muß er Landwirtschaft studieren. Hier auf unserem Betrieb haben wir viel Arbeit, denn das Gut ist sehr verlottert und hier der Acker leider. Nun ist die Stelle gut belegt. Ich habe 1947 meinen Posten als Administrator niedergelegt und wirtschafte hier. Ines bleibt nun zu Hause u. Rosemarie ist unser Schulmädel, geht alles in Haus seinen Zeppelposen. Was machst Du o. Junge? Gehst Du in die Schule? Wirst Du Ingenieur, teile uns mal alles genau mit. Ich hoffe, daß Dich der Brief bald erreicht. Ich hoffe ja, daß Du mal zu uns kommen kannst, denn wir können ja nicht zu Dir kommen. Bleibe ein braver, guter Junge und lerne fleißig, daß Du mal ein guter brauchbarer Mensch wirst. Rauche und trinke nicht zu viel, denn das schadet Deiner Gesundheit. Nun lasse wieder alles von Dir hören und seid herzlichst gegrüßt. Dein Pflegevater.

Mein lieber Taras! Wie haben wir uns doch gefreut als wir von Dir Post erhielten. Also geht es Dir gut wie wir aus Deinen Zeilen entnehmen und Du bist gesund, das ist doch die Hauptsache von allem. Vielleicht sehen wir uns doch einmal wieder, jedenfalls bist du bei uns immer herzlich willkommen, das weißt Du ja. Nun wünsche ich Dir weiterhin alles Gute, bleibe so ein guter Junge wie Du warst, grüße auch Deine Verwandten bei denen Du wohnst von uns, Du hast doch bestimmt auch von uns erzählt. Dir, mein lieber Taras, nun die herzlichsten Grüße und vergiß das Gebet nicht. Deine Pflegemutter.

Mein lieber Taras! Auch ich kann es nicht unterlassen an Dich mein lieber Junge ein paar Zeilen zu schreiben. Wir denken so oft an dich mein lieber Junge, möge Dich der liebe Gott gesund erhalten. Das wir uns nochmals wiedersehen würden. Herzliche Grüße. Dies wünscht von ganzem Herzen Deine Pflegeschwester

„Ich habe auch sofort geantwortet", erzählt Taras, „doch mein Brief kam zurück. Es wurde mir verboten, an Euch zu schreiben.
Die Ukraine gehörte ja jetzt ebenfalls zum Reich der Sowjetunion. Es durfte nicht mehr Ukrainisch gesprochen werden und schon gar nicht Deutsch.
Russisch war jetzt die Amtssprache!"

In den nächsten Tagen erzählt uns Taras aus seinem Leben.
„In Saritschewo ging ich ein Jahr auf die Dorfschule und musste Russisch lernen. Das war sehr schwer für mich.
Nach dem Besuch der Oberschule kam ich auf die Fliegerschule an der Wolga. Ich lernte dort Technik für Flugzeuge. Später, auf anderen Fliegerschulen in Russland, auch für Hubschrauber.
Mit 27 Jahren wurde ich als Ausbilder auf die Insel Sachalin geschickt. Dort war ich 25 Jahre.
Ja, Klaus, meine ganze „Jungheit" habe ich dort verbracht, bis ich als „Rentner" mit meiner Familie nach Kiew gezogen bin.
Das Reich der Sowjetunion, also auch die Ukraine, durfte ich in all den Jahren nicht verlassen.
Diese Möglichkeit hatte ich erst, nachdem 1989 durch Gorbatschow der „Eiserne Vorhang" gefallen war und die Ukraine wieder ein freies Land wurde."
Dann erfahren wir etwas über Taras Mission, nach Debrecen zu fahren.
„Ich musste dort hin," sagt er, „meine Eltern sind dort auf dem Friedhof begraben und meine kleine Schwester.
Am 2. Juni 1944, bei einem Bobenangriff auf den Bahnhof Debrecen, sind sie alle ums Leben gekommen."
Es fällt ihm schwer, darüber zu sprechen, und die Tränen ersticken seine Worte.
„Es war ein Sonnentag, keine Wolke am Himmel. Plötzlich kam Fliegeralarm. Ich sprang als letzter in den Splittergraben. Dann bebte die Erde und es war alles nur noch dunkel und grau. Deutsche Soldaten trugen mich auf einen Lastwagen, wo schon verletzte

Soldaten lagen und ich kam mit ihnen in ein Hospital. Dort erfuhr ich, dass meine Eltern und meine kleine Schwester nicht mehr lebten."

Er zeigt uns einen riesigen Friedhofsplan, der in viele kleine Parzellen aufgeteilt ist. „Der Friedhof in Debrecen ist sehr groß. Bei dem Bombenangriff damals sind über tausend Menschen ums Leben gekommen. Eine junge Ungarin, *Liesa*, die auch Russisch spricht, hat mir bei der Suche sehr geholfen. Es sind viele Namen dort in kleine Steinplatten gemeißelt, aber viele Platten sind auch schon vom Rasen etwas zugewachsen. Ich habe aber erfahren, dass mein Vater mit deutschen Soldaten umgebettet wurde, und zwar auf den Soldatenfriedhof *Budaörs* bei Budapest."

Taras erzählt uns, dass er durch eine ukrainische Zeitschrift, die er zufällig im Jahr 2001 gelesen hat, erst erfahren hat, dass der Angriff auf den Bahnhof von Debrecen damals von den Amerikanern geflogen wurde.

Dann erzählt er uns, wie er auf der Bahnstation in *Chop*, an der ukrainischen Grenze nach Ungarn, Herrn Zimmermann getroffen hat, der später für Taras bei Klaus in Berge angerufen hat.

„Nu" sagte er, „dort stand ein Mann mit einem Bart, ich hatte auch so einen Bart, und ich hörte, wie der Mann ein paar deutsche Worte zum Schaffner sprach. Deutsch, das ich seit über 50 Jahren nicht mehr gehört hatte. Ich wollte ihn ansprechen, aber der Zug kam, wir wurden getrennt, doch im Zug saßen wir wieder zusammen.

So konnten wir uns ein wenig unterhalten. Er fuhr zurück in die Schweiz und ich fuhr nach Debrecen."

Auf die Frage, wieso er sich mit seinen Eltern in Debrecen aufgehalten hat, erzählt er uns, dass seine Familie bis 1939 in der Karpaten-Ukraine lebte und dann vor den ungarischen Kommunisten nach Deutschland geflüchtet ist.

Sie lebten in Lohe, einer kleinen Gemeinde bei Bad Oeynhausen. Dort wurde auch 1939 seine Schwester Helen geboren. Taras erzählt uns, dass sein Vater an der Autobahn, die dort gebaut wurde, arbeitete. Deshalb kannte Taras die Städte Osnabrück, Bielefeld und

Bad Oeynhausen. Er kann sich noch gut an Bombenangriffe auf Osnabrück und Bielefeld erinnern.

„Im Winter 1942/43 wollte mein Vater mit uns seine Verwandten im Nordosten der Ukraine besuchen. Die Reise dorthin war möglich, da die Ukraine zu der Zeit von den Deutschen besetzt war. Wir blieben dort mehrere Monate. Dann kam die Ostfront näher, und wir machten uns auf die Reise zurück nach Deutschland.

Mein Vater hat wohl für die deutsche Wehrmacht gearbeitet, denn wir lebten später noch einige Monate in der Nähe des Flughafens Proskurow in der Ukraine. Auch die deutschen Soldaten waren auf dem Rückzug. Ich erinnere mich, dass wir mit den Soldaten auf einem LKW fuhren. In Debrecen wollten wir in den Zug steigen und zurück nach Deutschland fahren. Dann kam plötzlich dieser furchtbare Bombenangriff."

3

Die Fahrt nach Bad Oeynhausen

Wir erfüllen Taras den Wunsch, nach Bad Oeynhausen zu fahren, wo er von 1939 bis Ende 1942 in der Ortschaft Lohe gelebt hat.

Aber schon beim ersten Hinweisschild nach Bad Oeynhausen muss er wieder furchtbar weinen.

Klaus will anhalten, aber Taras sagt: „Fahr ruhig weiter, das ist schon gut so." Wir fahren durch Bad Oeynhausen, denn die Ortschaft Lohe ist eingemeindet und gehört jetzt zur Stadt.

Plötzlich erkennt Taras die Straße, die hier sehr kurvig und steil ist.

„Hier bin ich gewesen, Klaus, kannst du mal anhalten? Ja, hier bin ich gestürzt, schau, diese Narbe an meiner Hand. Wir Kinder hatten uns aus einem alten Kinderwagen ein Gefährt gebaut. Es war nicht schlecht, und man konnte sogar steuern. Ich hatte aber zuviel Tempo und konnte nicht mehr bremsen, so habe ich mich furchtbar überschlagen. Zu Hause gab's dann noch mal eins drauf, weil ich hier gar nicht fahren durfte."

Seine unwahrscheinliche Orientierung stimmt genau, und mit Hilfe eines ehemaligen Postboten findet Taras dann die Straße, in der er damals gewohnt hat.

Das Haus der Familie Reinhold Anton erkennt er sofort.

„Dort in dem Raum, wo jetzt die Motorräder ausgestellt sind, haben wir gewohnt. Wir hatten nur diesen einen Raum. Im Winter war es sehr kalt, und die Wände haben geglitzert. Aber meine Mutti hat mich abends immer sehr schön zugedeckt."

Er geht hinein und die alte Frau Anton, fast neunzig Jahre alt, kann sich noch an die Familie Ruditsch erinnern.

Auch bei den Nachbarn Buschjost klingelt er.

Ein älterer Herr öffnet die Tür und wundert sich, dass Taras ihn anspricht: „Ja, du bist Karlheinz Buschjost, du bist der Bruder von Anni, und mit der bin ich zur Schule gegangen. Schau, hier ist ein Schulbild von unserer Klasse." Herr Buschjost staunt, „mein Gott der Taras Ruditsch. Ja, ich erinnere mich an eure Familie. Dein Vater hat gut auf der Gitarre gespielt."

Aber noch mehr ist seine Schwester Anni überrascht, vor allem, dass Taras noch die Namen so vieler Mitschüler kennt.

„Mein Vater spielte ukrainische Volkslieder," erzählt Taras später, „er wollte immer eine freie Ukraine."

„Damals standen hier nur diese drei Häuser," sagt Taras, „sonst gab es hier nur Wiesen und Felder. Wir gingen zu Fuß in den nächsten kleinen Ort nach Hellerhagen zur Schule."

Auch die ehemalige Schule, jetzt ein kleines Warenhaus, erkennt Taras sofort.

„Von hier aus konnte man die Autobahn sehen, die neu gebaut wurde. Ich habe meinen Vater, der dort arbeitete, oft besucht. Es war ein großes Lager, das aus Holzbaracken bestand, in denen die Arbeiter wohnten. Es gab Waschräume und eine Kantine. Mein Vater hat dort gewohnt, bis wir dann das Zimmer bei Familie Anton bekamen.

Wir haben hier glücklich gelebt", sagt er, „bis mein Vater Ende des Jahres 1942 seine Schwester im Nordosten der Ukraine besuchen wollte. Er liebte sie sehr, und da die Ukraine damals von den Deutschen besetzt war, war das ja auch möglich.

Jetzt liegt mein Vater bei Budapest auf dem Soldatenfriedhof mit vielen deutschen Soldaten. Ich konnte sein Grab noch nicht besuchen, aber ich muss dort einmal hinfahren."

(Später habe ich durch Nachforschungen im Internet erfahren, dass der Autobahnbau in Bad Oeynhausen zu dieser Zeit eingestellt wurde und Taras Vater vermutlich von der Organisation Todt in den Nordosten der Ukraine versetzt wurde.)

Wir erzählen ihm, dass wir schon ein paar Mal Urlaub in Ungarn gemacht haben, und dass wir vielleicht mal mit ihm dort hinfahren können.

Zum 70. Geburtstag von Klaus kommen dann Ines und Rosemarie und die Wiedersehensfreude ist groß. Ines kann sich noch an so vieles erinnern und Taras hat ständig mit den Tränen zu kämpfen.

Worüber sich alle wundern: Taras hat während der ganzen Zeit in Sachsen nicht über seine Kinderjahre in der Ukraine, nicht über die Zeit in Bad Oeynhausen und auch nicht über das furchtbare Geschehen in Debrecen gesprochen.

Später erzählt er uns, dass alle grausamen Ereignisse „wie ein dicker Klumpen" in seiner Brust sitzen.

Taras (links), mein Mann Klaus und ich im Garten unseres Hauses in Berge, 2001

28

Taras (links) und Klaus

Taras mit seinen früheren Pflegeschwestern Rosemarie (links) und Ines

4

Die Fahrt nach Sachsen im Oktober 2001

Zum Geburtstag bekommt Klaus von unseren Kindern „Eine Familienfahrt nach Sachsen" als Geschenk.
Mit einem Minibus fahren wir gemeinsam mit unseren Kindern Heike, Sabine und Christian und natürlich mit Taras in Richtung Dresden.

von links: Klaus, unser Sohn Christian, Taras u. unsere Tochter Heike auf dem Weg nach Sachsen auf einem Rastplatz

In einer kleinen Pension in der Nähe von Freiberg, der Geburtsstadt von Klaus, haben wir unser Quartier.

Von hier aus wollen wir die drei Güter besuchen, auf denen Taras mit der Familie Kürzel gelebt hat.

Die Güter waren bei Kriegsende von den Russen enteignet worden. Die Eigentümer wurden vertrieben und die Güter gingen in Staatsbesitz über. Es wurde ein Arbeiterstaat geschaffen, im Sinne der Sowjetunion.

Der Vater von Klaus, Bruno, war zu der Zeit als Administrator für die Verwaltung der verlassenen Güter eingesetzt. Er leitete die Arbeiten in der Landwirtschaft. Elisabeth, die Mutter von Klaus, hatte die Leitung der Hauswirtschaft. Mit verschiedenen Mägden hatte sie dafür zu sorgen, dass die vielen Arbeiter auf dem Gut zu essen bekamen. So lebte die Familie Kürzel nacheinander auf drei verschiedenen Gütern.

Unsere Fahrt geht nun zunächst zum Rittergut *Langenau*, denn hier wurde Taras in die Familie Kürzel aufgenommen.

Ines, die Schwester von Klaus, hat mir die Geschichte so erzählt:

„In der Nacht, ich schlief damals bei meiner Oma im Zimmer, musste ich immer weinen, weil ich einen Jungen gesehen hatte, der ganz verstört allein an einer Hecke stand. Die Oma tröstete mich und sagte: morgen schauen wir nach ihm.

Am nächsten Tag hat mein Vater ihn dann zu uns geholt."

Wir fragen Taras, wie er von Debrecen in Ungarn nach Langenau in Sachsen gekommen ist.

„Die deutschen Flieger haben mich aus dem Hospital in Debrecen mitgenommen," erzählt Taras. „Ich war viele Wochen mit ihnen zusammen, aber von dieser Zeit weiß ich nicht viel. Zunächst ging es zurück nach Lemberg in der Ukraine. Ich erinnere mich an Brody. Dort hatte ich furchtbare Zahnschmerzen. Die Soldaten gingen mit mir zu einem deutschen Zahnarzt. Seine Plomben haben sehr lange gehalten. Dann ging es weiter über Polen nach Oberschlesien. Dort hat mich Feldwebel *Franz Altenbockum* dann im September 1944 von Tschenstochau aus zu einer Bekannten auf ein großes Gut gebracht. Sie hieß *Baronin von Braunig*. Zum Abschied hat er mir zwei Bilder geschenkt. Ich frage mich bis heute, wie er wohl das Kriegsende erlebt hat, ob er wohl in seine Heimat zurückkehren konnte und wo überhaupt diese Heimat ist. Wo hat er wohl gelebt? So gerne hätte ich mich bei ihm bedankt."

Taras zeigt das Bild eines deutschen Soldaten in Uniform und ein Bild, welches ihn mit dem Soldaten im Arm zeigt.

Taras mit Franz Altenbockum

Feldwebel Franz Altenbockum 1944

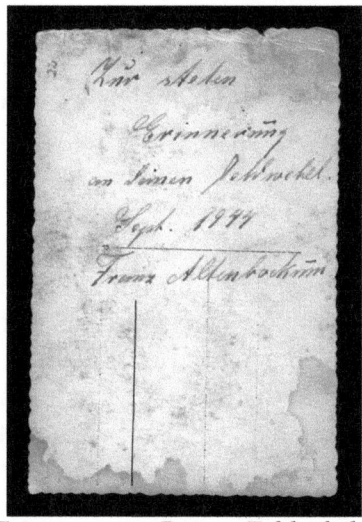

Zur steten Erinnerung an Deinen Feldwebel.
Sept. 1944, Franz Altenbockum

„Ich weiß schon nicht mehr, wie lange ich dort in Oberschlesien war und ich kann mich auch nicht mehr an den Namen des Dorfes erinnern, aber wir sind ein paar Mal mit der Kutsche nach Oppeln gefahren. Auch Kreuzburg muss in der Nähe gewesen sein. Ich erinnere mich an einen großen Hof mit Obstgarten und an ein großes Haus, in dem die Baronin lebte.

Wohl weil die russische Front immer näher rückte, hat mich die Baronin zu einer Verwandten nach Sachsen gebracht, die auch *Baronin von Braunig* hieß, auf das Rittergut Langenau .

Hier war ich eine ganze Weile. Ich habe im Stall geholfen und auch in der Küche das Silber geputzt. Eine alte Dame, die dort lebte, hat mich unterrichtet. Alle waren sehr nett zu mir und ich habe eine gute Erinnerung an diese Zeit, bis zu dem Tag , als die Russen kamen."

Wir erreichen das Gut Langenau in Lautitz bei Freiberg.

Es steht leer, aber Taras erkennt es sofort und wird vom Weinen übermannt. Schreckliche Erinnerungen werden wohl in ihm wach.

Er erzählt uns, dass alle in den Westen flüchten wollten. Zwei Pferdewagen waren vollgepackt. Alle Arbeiter des Gutes bereiteten sich auf die Flucht vor. In der Ferne hörte man Geschützfeuer.

„Aber plötzlich kamen die russischen Panzer.

Die Soldaten warfen alles von den Pferdewagen. Sie fanden Alkohol im Haus und wüteten fürchterlich.

Die Baronin hat sich auf der Flucht vor den Soldaten in ihrem Turmzimmer erschossen.

Ich lief mit Cilli Fabian, sie arbeitete auf dem Gut und war vielleicht einundzwanzig Jahre alt, in den Wald. Dort war ein Försterhaus, aber es lebte nur noch die Frau von dem Förster dort. Aber auch dort waren die Soldaten schon und hatten Frauen."

Taras hat sich dann versteckt, wie er erzählt.

Später hat er erfahren, dass Cilli Fabian, mit der er Freundschaft geschlossen hatte, sich im Teich das Leben genommen hat. Auch von ihr zeigt er uns ein kleines Bild, dass sie ihm geschenkt hatte.

Cilli Fabian

Rittergut „Langenau" in Lautitz bei Freiberg

„Die Russen zogen nach einiger Zeit weiter. Das Gutshaus war verwüstet, aber die Arbeiter versuchten, wieder Ordnung zu machen. Ich bin bei der Alten Dame geblieben, die mich unterrichtet hat."

Taras findet dann noch den Friedhof des Dorfes, wo er als zwölfjähriger Junge an der, wie er sagte, „Begrabung" der Baronin teilgenommen hat.

An die nächsten Wochen auf dem Gut kann Taras sich nicht mehr erinnern, aber hier hatten ihn also Kürzels gefunden und ihn zu sich in die Familie genommen.

Als nächstes fahren wir zu dem Rittergut Altzella. Es steht ebenfalls leer und ist zum Teil schon verfallen. Klaus und Taras erzählen von gemeinsamen Entdeckungen und Erlebnissen auf dem ehemals wunderschönen Gut, auf dem sie nicht sehr lange lebten, aber schnell Freunde wurden.

Taras vor dem Rittegut Altzella in Sachsen, 2001

Unsere Fahrt geht weiter zum Gut Stockhausen, und hier gibt es nun sehr viele schöne und spannende Erinnerungen.

„Das erste Erntefest nach dem Krieg hatte viel Spaß gemacht. Wir Kinder hatten den Eselswagen schön geschmückt", erzählt uns Klaus.

Taras weiß noch, dass er einmal mit dem Eselswagen zwanzig Brote holen musste. „Aber unterwegs warteten schon die anderen Jungen, die auch gern frisches Brot essen wollten. So musste ich einundzwanzig Brote haben. Ich zählte also laut, als mir die Brote gereicht wurden .....dreizehn, vierzehn, fünfzehn, sechzehn, - aber die Siebzehn zählte ich zweimal. Ich weiß noch, wie wunderbar dieses frische Brot schmeckte." Auf dem Gut haben die beiden heimlich ihre ersten Zigaretten geraucht. Sie sind waghalsig an der

Hausfassade hochgeklettert und haben die Mädchen erschreckt, die dort schliefen.

Sie erzählen von den vielen Leuten, die dort auf dem Gut gearbeitet haben. Mit dem Fahrrad fuhren Klaus und Taras jeden Tag zusammen zur Oberschule nach Nossen.

„Diese Zeit in der Familie Kürzel," sagt Taras am nächsten Morgen zu unseren Kindern, „hat mir die Richtung gegeben für mein ganzes Leben. Hier war ich aufgenommen und fühlte mich geborgen. Hier habe ich wieder gelernt ohne Angst zu leben, auch mit den vielen Menschen, die auf dem Gut gearbeitet haben.

Es war eine Freiheit, die ich nach der Trennung, die dann folgte, nie mehr hatte. Ich bin Elisabeth und Bruno Kürzel sehr dankbar."

In dieser Zeit hatte Taras wohl alle furchtbaren Erlebnisse einfach verdrängt.

„Es sitzt alles wie ein dicker Klumpen in meiner Brust" sagt er, „ich trage ihn schon mein ganzes Leben mit mir herum."

Es gehört auch zu seiner Mission, das Grab von Bruno und Elisabeth Kürzel später in Iserlohn zu besuchen.

Beim Abschied aus Berge sagt Taras:

"Dieses Jahr hat mir Gott geschenkt, der Besuch in Deutschland war für mich wie ein Traum."

5

Taras nächster Besuch im Jahr 2003

Wir freuen uns auf den sympathischen, humorvollen und ungewöhnlichen Menschen Taras Ruditsch.
Er hat ein Besuchsvisum für drei Wochen und lebt sich schnell in Berge ein, obschon es für ihn eine andere Welt ist.
„Wo bin ich hier", sagt er oft, „wo bin ich hier? Wer wohnt in diesen Häusern? Bei uns wohnt höchstens ein Staatsminister so. Aber wo sind die Menschen," fragt er, „man sieht hier kaum Menschen."
„Ja", sage ich, „das stimmt, die Menschen sitzen alle im Auto und fahren von A nach B, oder sie sind zu Hause.
Bei euch ist es sicherlich so, als wenn wir uns Filme ansehen, die fünfzig Jahre alt sind. Damals war hier auch mehr Leben auf der Straße. Man war zu Fuß oder mit dem Fahrrad unterwegs. Heute beherrscht das Auto unsere Straßen."
Vor allem aber interessiert sich Taras für die Technik, die hier in der Landwirtschaft eingesetzt wird. „Ich kann einen Hubschrauber bauen und fliegen, aber sag' mir Klaus, wie funktioniert dieser Rasenmäher."

Taras (auf dem Rasenmäher) und Klaus vor dem Pferdestall in
Berge im Sommer 2003

Über Technik können sich die beiden stundenlang unterhalten,
Flugzeuge, Hubschrauber, Autos.
 Taras erzählt von seinem russischen Fiat, den er schon 1982 gekauft
hat, und der ihn auch auf die Insel Sachalin begleitet hat. 1995 ist er
damit nach Kasachstan gefahren, zur Hochzeit seines Sohnes Dima.
„Es waren mehr als 6000 km," sagt er, „aber der Wagen hat mich nie
im Stich gelassen, obschon die Straßen oft ganz furchtbar schlecht
waren."
„Besucht mich unbedingt im nächsten Jahr in Kiew," sagt Taras beim
Abschied. Er möchte gern mit uns in die Karpaten-Ukraine fahren,

wo er geboren wurde, und wo er die ersten sieben Lebensjahre verbracht hat.

Doch der Mensch denkt und Gott lenkt.
Im Frühjahr 2004 verlässt uns mein lieber Mann Klaus ganz plötzlich und unerwartet für immer. Von einer Minute zur anderen geht sein Leben zu Ende. Unfassbar für uns, wird er aus unserer Mitte genommen, und wir sind voller Trauer.
In der ersten Zeit ist man selbst wie betäubt, man funktioniert zwar, macht alles mechanisch, nimmt aber vieles gar nicht wahr.
Irgendwann begreift man, dass es wieder Alltag wird, dass es wieder Sonntag wird und dass das Leben weitergeht, ob man will oder nicht.

Mein Mann Klaus im Jahr 2001

Auch Taras weint um seinen lieben Freund, den er gerade erst wiedergefunden hatte. Er meldet sich nach wie vor, wenn er einmal im Monat in Kiew ist, um seine Rente abzuholen. Ansonsten lebt er auf dem „Dorfe", wie er sagt, etwa hundertsechzig Kilometer von Kiew entfernt, in seiner kleinen Datscha. Dort hat er kein Telefon.

6

Die Fahrt nach Kiew

Im Mai 2005 wollen meine Schwägerin Ines und ich die Einladung von Taras annehmen und nach Kiew fahren. Von Mai bis September ist der Besuch in der Ukraine für deutsche Besucher visumsfrei.
Auf dem Rückweg soll dann Taras mit uns nach Deutschland fahren. Die Unterlagen für ein Besuchsvisum hat er eingereicht.
Leider erkrankt Ines kurz vor Reisebeginn, und ich entschließe mich allein zu fahren.
Am Tag vor der Abfahrt kommt unerwartet ein lieber Freund von uns, auch ein Klaus. „Ich komme mit," sagt er, „zu viert sind wir so oft zusammen in Urlaub gefahren. Es wäre deinem Klaus nicht recht, wenn ich dich allein fahren ließe, das findet auch Ingrid so."
Ingrid ist seine Frau und meine Freundin.
Mir fällt ein Stein vom Herzen, dass ich diese Reise in ein Land, dass mir doch sehr fremd ist, nicht alleine machen muss, zumal wir nach dem Reiseplan etwa um Mitternacht in Kiew ankommen werden.
Von Osnabrück aus fahren wir bis Berlin. Dort essen wir den ersten Döner Kebap unseres Lebens.
Ab Berlin-Lichtenberg geht der durchgehende Reisezug, der nur aus Liegewagen besteht, bis Kiew.

Als wir diesem Zug dann allerdings auf dem Bahnsteig „gegenüberstehen", holen wir doch erst einmal tief Luft. Drinnen sieht es dann noch grauslicher aus.

Es ist schon eine Herausforderung, doch wir tragen sie mit Humor.

Der Wasserstrahl im Waschbecken ist stricknadeldick und die aufgerollten Decken im oberen Bett sind so schwer, dass man sie nicht anheben kann. Zum Glück ist es so warm, dass die Bettlaken, die sauber im Beutel eingeschweißt sind, genügen.

Wir stellen fest, dass es auch kein Bordrestaurant gibt, aber Gott sei Dank haben wir einen mit Proviant gefüllten Rucksack dabei. Tee, Kaffee und Mineralwasser gibt es beim Schaffner umsonst, aber er freut sich auch, wenn man ihm einen Euro gibt, den er schnell einsteckt.

Wir sind froh, dass das obere Bett nicht belegt ist, denn sonst müssten wir uns wie in einem Puzzle-Spiel bewegen, zumal der Gang nur sechzig Zentimeter breit ist.

So aber schaffen wir die dreißigstündige Fahrt ganz problemlos.

Als der Zug gegen Mitternacht den Bahnhof in Kiew erreicht, steht Taras direkt vor unserer Wagentür und ruft: „Aenni, ich bin hier."

Wir hätten ihn auch schnell gefunden, denn in seinem „Lieblingsanzug", einer alten Militärhose mit breiten ledernen Hosenträgern und einer Kappe, ist er nicht zu übersehen.

Dann folgt die Begrüßung und ... staunen.

Der Bahnhof von Kiew ist wunderschön. Von der Rolltreppe aus hat man einen Blick in die Eingangshalle mit großen Gemälden an den Wänden und riesengroßen Kronleuchtern wie in einem Festsaal. Zum ersten Mal sehen wir so einen prächtigen Bahnhof.

Ein Taxi wartet schon und fährt uns in flottem Tempo durch die breiten Straßen von Kiew, einer Stadt mit über vier Millionen Einwohnern. Wir überqueren den Dnepr, den drittlängsten Strom Europas, der jetzt im Mondenschein recht unheimlich wirkt, wie alle großen Flüsse in der Nacht.

Nach etwa einer halben Stunde haben wir Dekabristov erreicht, das ist der Stadtteil, in dem Taras in einem der vielen Hochhäuser sein Appartement hat. Wir finden ein gemütliches Quartier vor, denn Taras hat ein paar Zimmer an drei liebenswerte junge Leute vermietet, die alles blitzsauber in Ordnung halten. In der kleinen Küche haben wir zu dritt Platz am Tisch. Taras hat etwas zum Essen eingekauft, Brot, Speck, Frühlingszwiebeln, Tomate und ein Stück geräucherten Lachs. Es gibt zur Begrüßung den ersten Wodka.

„Erzähl mir zuerst von Klaus, was war mit ihm, "fragt er. „Er war doch nicht krank, was ist genau geschehen?"

„Er fühlte sich sogar sehr gut," sage ich, „deshalb war alles so unfassbar. Er hatte sich von seiner Herzoperation total erholt, wir haben Radtouren und lange Spaziergänge mit den Hunden gemacht.

An dem Tag wollten wir auf dem Wochenmarkt Tomatenpflanzen einkaufen. Klaus hatte geduscht und das Badezimmerfenster weit geöffnet. *„Du lässt aber einen kalten Frühling herein"*, sagte ich.

„Nein", antwortete er gutgelaunt, *„heute wird das Wetter schön, wir bekommen volle Sonne."*

Plötzlich bekam er ganz furchtbare Kopfschmerzen. Der Arzt, der nebenan seine Praxis hat, kam innerhalb von zwei bis drei Minuten. Er sprühte ihm ein Medikament unter die Zunge, das sofort die Schmerzen nahm.

„Gott sei Dank", sagte Klaus, *„diese Schmerzen waren unerträglich, da kann man besser sterben. "*
Christian (unser Sohn) war inzwischen ebenfalls gekommen.
Klaus hatte sich ins Wohnzimmer in seinen Lieblingssessel gesetzt. Die Morgensonne schien herein, und wir waren so froh, dass diese Kopfschmerzen aufgehört hatten, wollten aber doch zu einer Untersuchung zum Neurologen fahren. Der Arzt schrieb eine Überweisung aus. Plötzlich gähnte Klaus und holte sehr tief Atem.
„Was ist", fragte ich, „kannst Du mich sehen?"
„Sehen und hören", antwortete er sehr schwach. Das waren seine letzten Worte.
Dann überzog ein Lächeln sein Gesicht und ich spürte, dass er sehr weit weg war.

Er hat nicht mehr wahrgenommen, dass man ihn ins Krankenhaus brachte. Dort stellten sie eine so starke Gehirnblutung fest, dass sie nichts mehr für ihn tun konnten. Klaus hat noch bis zum Abend ruhig geatmet und wir konnten alle den ganzen Tag über bei ihm sein.
Dann mussten wir Abschied nehmen."
„Ja", sagt Taras, "das ist alles sehr schwer, wenn einer gehen muss, aber es tut gut zu wissen, wie er gegangen ist.
Wir alle müssen auch noch dort hin. Nun gut, dass Ihr gekommen seid."
Jetzt haben wir vier Tage Zeit, die Stadt ein wenig kennen zu lernen. Taras gibt sich als Reiseführer alle Mühe. Wir sind per U-Bahn, Bus und Taxi unterwegs, immer auf der Hut, ihn nicht aus den Augen zu verlieren, denn überall wimmelt es von Menschen, die alle, wie uns scheint, emsig unterwegs sind. Wir sind fasziniert von den breiten Alleen der Innenstadt, von den prächtigen Hausfassaden der großen Kauf- und Bankhäuser, Theater und Museen.
Wir sehen den zentralen Platz der Stadt, den Unabhängigkeitsplatz, der im Jahr zuvor durch die „Orangene Revolution" weltbekannt wurde und bewundern die vielen schönen Springbrunnen, in denen

sich die Sonne in allen Regenbogenfarben spiegelt und die „Etage" darunter mit den vielen eleganten Geschäften und Restaurants.

Auf dem *Andreassteig*, einer der beliebtesten Straßen der Stadt, machen wir in einem der schönen kleinen Biergärten eine Pause und treffen dort drei nette Frauen aus Köln. Wir trinken einen Wodka zusammen und die drei freuen sich, ein paar Deutsche zu treffen, und wir natürlich auch, denn das ist in Kiew schon eher selten der Fall. Die drei sprechen gut Russisch, da sie seit zehn Jahren hobbymäßig diese Sprache lernen. Sie sind zum vierten Mal in Kiew und ebenfalls begeistert von der Stadt.

Der Andreasteig führt uns weiter an vielen Souvenirständen vorbei, viele Maler stellen hier ihre Gemälde aus. Wir haben einen herrlichen Blick auf das Richard-Schloss und die Andreaskirche, deren Türme aussehen, als seien sie mit Edelsteinen besetzt.

Dann erreichen wir einen weiträumigen Platz, auf dem der vierstöckige Glockenturm steht, der zur Sophien- Kathedrale gehört, wohl die schönste und bedeutendste Kathedrale Kiews, die in das Weltkulturerbe aufgenommen wurde.

Die Sophien- Kathedrale in Kiew

Die Andreaskirche in Kiew

Es bleibt aber auch noch Zeit, die Verwandten von Taras kennen zu lernen, seine Cousine Ala und ihren Mann Michail. Sie laden uns in ihr Wochenendhaus ein, dass sie sich in einer Bauzeit von mehreren Jahren selbst gebaut haben, d.h. sie haben alles Baumaterial selbst herangefahren und sogar Türen und Fenster selbst gefertigt.

Sie empfangen uns sehr herzlich und wir werden köstlich bewirtet und auch hier gehört ein Wodka dazu.

Taras steht auf und erhebt sein Glas: „ Ich bin Flieger," sagt er, „wir trinken jetzt auf den, der heute nicht dabei sein kann."

Das sind traurige Augenblicke, aber ich spüre, dass man hier ruhig die Tränen laufen lassen kann.
Ala und Michail erzählen wie schwer es war, unter der Macht der Sowjetunion so viele Jahre nicht Ukrainisch sprechen zu dürfen. Sie freuen sich jetzt ganz besonders, dass Freunde von Taras aus Deutschland gekommen sind. Ala weiß noch, dass ihre Großmutter verhaftet wurde, weil sie als Lehrerin Deutschunterricht erteilt hatte.

Leider kann Taras nicht, wie geplant, mit uns nach Deutschland zurückfahren, weil er sein Visum nicht bekommen hat. Er hatte nicht bedacht, dass sein Reisepass nach Beendigung seines Aufenthaltes in Deutschland noch drei Monate Gültigkeit haben muss. Einen neuen Pass hat er zwar längst beantragt, aber in der Ukraine muss man für solche Dinge viel Geduld haben.
Also heißt es Abschied nehmen, und dieses Mal haben wir Glück. Der Liegewagen nach Berlin ist zwar nicht größer, aber sehr viel „jünger" und funktionell in Ordnung. So haben wir eine sehr angenehme und bequeme Rückreise.

7

Besuch von Taras

Ende Juni 2005 kommt Taras per Fernbus.
Am ersten Tag gehen wir zum Friedhof. Ein schwerer Gang.
Taras weint.
"Klaus, mein Freund, warum hast du uns so früh verlassen ?"

Wir sind alle nur Gäste auf dieser Welt.
Wir sind eben über siebzig, da kann man immer abberufen werden.

Das sind Worte, mit denen man sich gegenseitig tröstet, die aber den Schmerz nicht nehmen.

Das Haus ist leer, der Hof ist leer, der Garten ist leer, schwer zu begreifen, dass Klaus nicht mehr da ist.

Dabei lebe ich Gott sei Dank in einer großen harmonischen Familie mit zwei lieben Enkelkindern, elf und vierzehn Jahre alt, die jeden Tag Freunde und Freude ins Haus bringen.

Aber einer fehlt uns allen, einer, der immer da war und den wir sehr vermissen.

Taras empfindet es auch so, aber er sucht sich Arbeit im Hof und im Garten und unterhält sich oft mit unseren Nachbarn, die ihn inzwischen auch alle kennen.

Er bekommt eine Einladung zu einem Besuch des Hubschraubermuseums nach Bückeburg und zu einem Ausflug auf die Insel Helgoland. Glücklich kommt er zurück. „Schön, mal wieder auf einer Insel gewesen zu sein," sagt er, „und das weite Meer gesehen zu sehen."

So vergehen die Wochen und nach zwei Monaten nähert sich die Besuchzeit dem Ende.

Hin und wieder sprechen wir von den Friedhöfen in Budapest und Debrecen, wo Taras noch „hinmuss", wie er sagt und von den Karpaten, die er uns doch so gerne zeigen wollte.

Eine Anfrage per Telefon nach Verlängerung des Visums klingt aussichtslos. Trotzdem fahren wir zur Ausländerbehörde nach Osnabrück und wider Erwarten bekommt Taras ein neues Visum für vier Wochen.

Jetzt erwacht meine Reiselust.

Sollen wir wirklich für eine Woche durch Ungarn reisen bis in die Karpaten-Ukraine und zurück? Wir „alten Leute", wie Taras immer sagt?

Es gibt allerhand zu planen und zu bedenken und so teuer soll die Reise auch nicht sein.

Die ungarische Botschaft in Berlin, die für Niedersachsen zuständig ist, bescheinigt uns, dass Taras mit seinem „Schengen-Visum" durch Ungarn reisen kann, obwohl Ungarn nicht zu den Schengenstaaten gehört.

Er kann die Reise auf dem Hin- und Rückweg sogar für fünf Tage unterbrechen.

Die Fahrkarte buchen wir zum Sonderpreis, und für eine Woche wollen wir aus dem Rucksack leben.

Aus unserem letzten Ungarn-Urlaub finde ich noch einige Geldscheine Forinth, die noch gültig sind, und die schon fast für Ungarn reichen müssten.

In *Budaörs* bei Budapest mieten wir per Telefon Zimmer in einer kleinen Pension.

8

Die Fahrt nach Ungarn und in die Karpaten

Donnerstag, 25. August. 2005
Pünktlich um sechs Uhr verlassen wir Berge per Auto in Richtung Osnabrück.

Dort gibt es das erste Problem: wieder mal finde ich die Koksche Straße nicht, in der meine Tochter Sabine wohnt.

Na, das kann ja heiter werden. Wir halten am Rosenplatz. Leicht nervös schaue ich in den Stadtplan. Hier muss doch irgendwo diese verflixte Straße sein! Ich suche mein Handy um Sabine anzurufen, da sie uns zum Bahnhof bringen will.

53

Gott sei Dank, da kommt sie schon zu Fuß, sie hat uns vom Fenster aus gesehen.

Ohne Stress erreichen wir früh genug den richtigen Bahnsteig.

Ach es wird schon alles klappen!

Sabine macht uns Mut und als sie zum Abschied am Bahnsteig winkt sehe ich, dass sie unseren „Proviant-Rucksack" noch auf dem Rücken hat.

Den bekommen wir in allerletzter Sekunde und suchen uns etwas erschöpft die reservierten Plätze.

Der Anfang ist jedenfalls geschafft. Der Zug rollt.

Taras studiert den Reiseplan unseres ICE 29 .

Er ist nachdenklich und betrübt, und ich sehe, dass er weint.

„Was ist los, Taras," frage ich. „Ja weißt du, als Siebenjähriger habe ich diese Reise in umgekehrter Richtung gemacht. Ich kam mit meiner Mutter, und ich weiß noch, dass wir in Wien umgestiegen sind. Wir fuhren nach Hannover, dort trafen wir meinen Vater. Dann ging es weiter über Minden nach Bad Oeynhausen.

Was war damals los in meiner Heimat? Warum musste mein Vater fliehen? Warum wurden wir verfolgt? Es sitzt alles so schwer hier in meiner Brust."

Trauriger Taras, ich kann ihn nicht trösten, und ich weiß nicht, ob es richtig ist, diese Reise zu machen. „Vielleicht hätten wir besser nicht fahren sollen," sage ich, „in Ungarn wird es noch schwerer für dich werden." „Doch Aenni, doch, das ist gut so, ich muss dahin", ist seine Antwort.

Etwa um zehn Uhr erreichen wir dann Düsseldorf.

Taras geht es wieder gut. Er sieht den Rhein und ist begeistert von der herrlichen Gegend, von den Burgen und Schlössern, von den kleinen Orten und großen Städten.

„Hier in Deutschland ist alles so fertig, so nach Plan gebaut, alles ist so in Ordnung" ist sein Kommentar.

„Ja", sage ich, „wir hatten sechzig Jahre lang keinen Krieg, in dieser Zeit ist viel geschaffen worden."

54

Wir erreichen Wien am Abend, steigen um und sind kurz vor Mitternacht in Budapest.

Es kommen sofort mehrere Taxifahrer: „Ich Taxi, ich Taxi" bieten sie sich an.
„Schau mal, dort steht unsere Taxe," ruft Taras, und tatsächlich hält einer der Taxifahrer ein großes Schild mit dem Namen „Kürzel" hoch.
Er wurde auf meinen Wunsch hin von der Pension Adler geschickt und fährt uns jetzt nach Budaörs, etwa zwanzig Kilometer von Budapest entfernt, ans Ziel unseres ersten Reisetages.

Freitag, 26. August 2005
Gut ausgeruht versuchen wir nach dem Frühstück einen Taxifahrer zu bekommen, der Deutsch oder Englisch spricht.
Wir haben Glück, der Taxifahrer spricht Englisch und versteht auch sofort, wo wir hin wollen.
Ich erzähle ihm von Taras, dass seine Eltern und seine Schwester vor sechzig Jahren bei einem Bombenangriff in Debrecen umgekommen sind, und dass Taras nun zum ersten Mal Gelegenheit hat, das Grab seines Vaters zu suchen.
Abseits vom Großstadtverkehr erreichen wir den „Friedenspark", so heißt der große Soldatenfriedhof.
Der Fahrer will am Eingang eine Stunde warten, dann wollen wir weitersehen.
Der Friedenspark ist eine von der deutschen Kriegsgräber-Fürsorge errichtete Anlage. Sie liegt in einem landschaftlich sehr schönem Gebiet, umgeben von den *Budaer Bergen*. Über 13 000 deutsche und über 500 ungarische Soldaten wurden hier bestattet.
In der Eingangshalle besuchen wir eine Ausstellung, in der Einzelschicksale das Leid der Menschen im Krieg dokumentieren.
Wir sind ergriffen von den vielen Eintragungen deutscher Besucher, die hier im Laufe der vielen Jahre das Grab ihrer gefallenen

Angehörigen, ihrer Männer, Söhne oder Brüder gesucht und hier Trost gefunden haben.

Vom Eingang aus gehen die Wege sternförmig auseinander, und man sieht Grabsteine und Grabplatten so weit das Auge reicht. Auf jeder Platte und jedem Stein sind viele Namen eingemeißelt.
Taras entscheidet sich für einen Weg.
Nach ungefähr zehn Minuten sehe ich, dass er gebückt vor einer Grabplatte steht.
Er hat tatsächlich den Namen seines Vaters zwischen den Namen vieler deutscher Soldaten gefunden.
Ich kann es nicht fassen.

Taras auf dem Soldatenfriedhof über dem Grab seines Vaters Dimitry

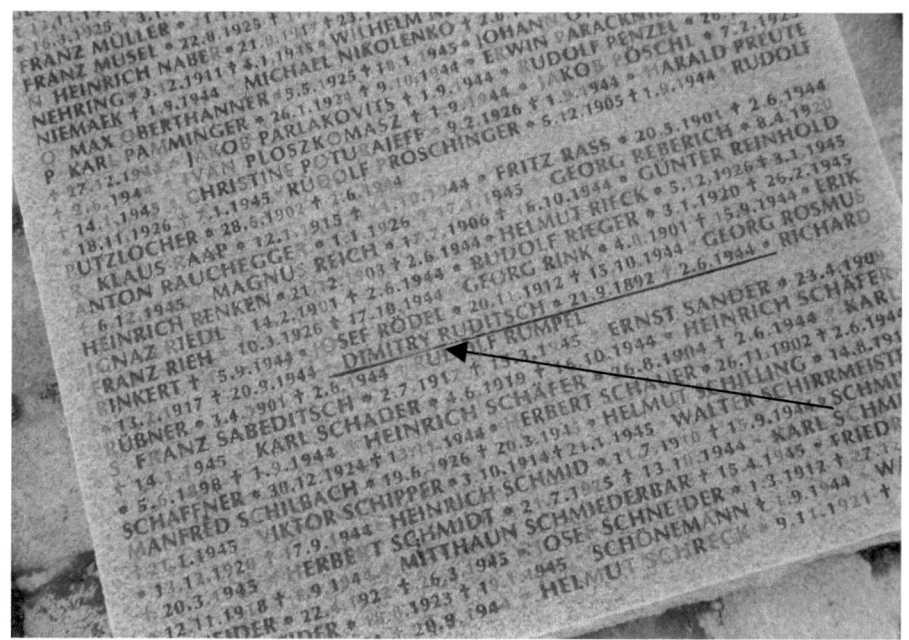

Dimitry Ruditsch, geb. 21.09.1892, gest. 2.6. 1944

„Ja", sagt er, „ich habe dir gesagt, ich habe dort oben einen, der mich führt, er hat mich so oft schon im Leben geführt. "Zum ersten Mal steht er am Grab seines Vaters. „Mein Vater hatte am 21.09. Geburtstag, ich kannte immer nur sein Geburtsjahr", sagt er.

Ich lasse ihn allein und ahne, was in ihm vorgeht. Auf der einen Seite die Erleichterung, endlich das Grab gefunden zu haben, auf der anderen Seite der Schmerz, der damit verbunden ist.
Ich gehe zum Taxifahrer zurück, der auch sehr beeindruckt ist. Er hat Tränen in den Augen, stellt die Taxiuhr ab und sagt. „Geh' nur, ihr habt eine Menge Zeit, ich werde warten."

Wir gehen noch durch viele Wege und lesen viele Namen. Dann nehmen wir Abschied und unser Fahrer bringt uns zum Bahnhof Keleti nach Budapest. Wir haben noch ein paar Stunden Zeit, bis wir unsere Fahrt nach Debrecen fortsetzen können.

Gern hätte ich Taras jetzt noch die Innenstadt gezeigt, die Fischerbastei, die Matthiaskirche und den schönen Blick über die Donau, aber Taras will nichts von Budapest sehen.

Er hat gefunden, was er suchte. So setzen wir uns in ein Straßencafe`.

Taras trinkt ein Bier und einen Wodka, ich einen Cappucino, und wir lassen den lärmenden Straßenverkehr an uns vorüberziehen, bis wir zum Bahnhof gehen müssen.

Keleti ist ein Kopfbahnhof und die Hinweistafeln für die einzelnen Züge wechseln oft, bevor man die unaussprechlichen ungarischen Ortsnamen gelesen hat.

Wo finden wir den Zug über Debrecen nach Chop?

Hilfe kommt von „Erica", einer flotten Ungarin, die Zimmer vermieten will und mit einem Zettel winkt.

„Ich bin Erica" ruft sie „kommen sie zu mir – Zimmer, rooms, - kommen sie – Dusch', Toilett', französisch Bett."

Ich mache ihr klar, dass wir leider keine Zeit haben und unbedingt weiter fahren müssen. Sie drückt mir den Zettel in die Hand, ist aber so nett und erklärt uns die Tafeln und zeigt uns den Bahnsteig, wo der richtige Zug einlaufen wird.

Taras Lebensgeister scheinen erwacht zu sein. Er fragt: "Was ist ein - französisch Bett - ?" „Ein großes Bett für zwei" antworte ich. „Das ist französisch?" Er schüttelt den Kopf und schmunzelt.

Im Zug nehmen wir unsere Rucksackmahlzeit ein. Bis Debrecen sind es etwa drei Stunden Fahrzeit.

Je näher wir dem Ziel kommen, um so nachdenklicher wird Taras, und dann spricht er über das furchtbare „Geschehen", wie er es nennt.

„Wir waren damals im Nordosten der Ukraine in der Gegend von Sumy. Dort lebte die Schwester meines Vaters. Als die Front näherrückte sind wir mit deutschen Soldaten zusammen im LKW gefahren. Ich erinnere mich, dass wir eine zeitlang in der Nähe des Flugplatzes in Proskurow, jetzt Chmelnizkij, gelebt haben. Dort habe ich Luftkämpfe zwischen deutschen und russischen Flugzeugen beobachtet.

Über Rumänien ging es dann weiter nach Ungarn.

In Debrecen hatten wir schon mit den Soldaten alle Koffer und Sachen in Güterwagen geladen, die vor dem Bahnhof standen.

Es war ein strahlender Sommertag. Meine Eltern hatten noch etwas besorgt oder gekauft. Ich saß mit meiner kleinen Schwester Helen auf einer Bank vor einem kleinen Haus. Sie war ja erst fünf Jahre alt. Ich liebte sie so. Gerade hatte ich ihr die Haarrolle auf dem Kopf neu gemacht.

Plötzlich kam Fliegeralarm. Die Leute gingen weiter auf der Straße und dachten wohl, dass es eine Übung ist.

Dann heulte wieder die Sirene und die Leute liefen in einen Schutzgraben. Von beiden Seiten waren Eingänge. Meine Eltern nahmen Helen, aber ich wollte noch sehen, was am Himmel los ist. Dort war kein Wölkchen, aber dann kamen Flugzeuge. Sie ließen ihre Bomben fallen. Von der zweiten Welle, die anflog, wurden schon Häuser in der Nähe des Bahnhofs getroffen. Die dritte Welle kam direkt auf den Bahnhof zu.

Meine Eltern riefen und ich sprang in den Graben und hockte mich vor meine Mutter, die Helen auf dem Schoß hielt.

Dann krachte es, die Erde bebte, es war dunkel, Dreck und Staub.

Soldaten zogen mich später aus dem Boden, meine Schuhe blieben stecken. Sie trugen mich über die Schienen, die wie große Wagenräder gebogen waren, auf einen LKW.

Dort lagen schon Soldaten, alles war im Blut. Ich blutete auch. Sie brachten uns in ein Hospital. Ich konnte nicht schlucken und nicht sprechen und sah nur dunkel und grau.

Eine Schwester kam und gab mir eine Spritze und dann sah ich, dass es hell war.

Sie löffelte mir etwas Suppe ein, und ich konnte wieder schlucken und sprechen. Dann erfuhr ich, dass ich der einzige war, der in dem Splittergraben überlebt hatte. Alle waren tot, auch meine Mutter, mein Vater und Helen.

Weißt du," sagt er, „seitdem sitzt dieser Klumpen fest in meiner Brust."

Taras tut mir so leid.

„Ich werde alles aufschreiben," sage ich, „alles, was du erlebt hast, deine ganze schwere Lebensgeschichte. Du kannst sie immer wieder lesen, bis sie zu dir gehört und du besser damit leben kannst."

Gegen 18 Uhr sind wir in Debrecen. Hier hat der Zug einige Minuten Aufenthalt. Wir steigen aus und Taras zeigt mir von weitem das Bahnhofsgelände „wo es damals geschehen ist".

Er sieht müde und erschöpft aus. Die Sonne steht noch hoch am Himmel, und es ist sehr warm.

„Ja," sagt Taras „damals war auch so ein strahlender Sonnenschein, wie heute. Komm, steigen wir ein, fahren wir weiter!"

Er hat wohl nicht die Kraft, jetzt noch zum Bahnhof und zum Friedhof zu gehen, und ich bin froh, dass wir die Fahrt fortsetzen.

„Wir können auf dem Rückweg in Debrecen aussteigen," sage ich, und Taras nickt und weint - trauriger Taras.

Im Zug lernen wir später eine hübsche, charmante Ukrainerin aus Uzgorod kennen. Sie arbeitet wohl für eine internationale Hilfsorganisation und spricht auch Englisch. Sie kommt gerade aus München zurück und hat dort Freunde besucht.

Wir unterhalten uns mir ihr über Menschen, Länder und Politik. Taras auf Russisch, ich mit meinem spärlichen Englisch. Es geht wunderbar. „Eine Frage hätte ich noch," sagt sie zum Schluss: „Ist Bundeskanzler Gerhard Schröder ein Kommunist?" Ich muss lachen, „für die Bayern ist er das sicherlich", antworte ich.

Sie hilft uns noch in Chop, dem kleinen Grenzort in der Ukraine, für mich einen „Besuchsschein" auszufüllen. Dann haben wir sie leider in der langen Menschenschlange, die dort durch Zoll und Passkontrolle gehen muss, aus den Augen verloren.

Taras mietet ein Taxi und jetzt geht es also weiter in Richtung Karpaten.

Es ist fast dunkel und die Straßen hier in Chop sind nach einem Gewitterregen kaum befahrbar. Den Fahrer scheint das nicht zu beeindrucken. Viele Häuser rechts und links der Straße sind kaputt und unbewohnt. Hier leben viel alte Menschen, erklärt der Fahrer, auch viele Ungarn und Zigeuner.

Die Straße wird besser, als wir Chop verlassen haben. Nach etwa 20 Kilometern sehen wir die Lichter von Uzgorod.

Wir fahren an der Stadt vorbei und erreichen bald die ersten kleinen Dörfer am Fuße der Karpaten, der blauen Karpaten, wie Taras schwärmt. Leider ist davon in der Dunkelheit nichts zu sehen und die Straße besteht jetzt nur noch aus Schlaglöchern.

Wir haben das Dorf *Saritschewo* erreicht. Taras lässt den Fahrer halten, denn die Straße, die den Berg hinauf geht, ist nicht weiter befahrbar.

„Dort oben können wir schlafen," sagt Taras, und macht sich in der Finsternis auf den Weg. Anscheinend kennt er sich gut aus, denn man sieht wirklich nichts. Ich bleibe bei dem Fahrer und mir ist etwas unheimlich zumute, weil ich mich nicht mit ihm verständigen kann.

Taras hatte gesagt: „ Ich werde dir die Karpaten-Ukraine so zeigen, wie sie ist, wie die Menschen dort leben."

Mein Gott, wo bin ich hier gelandet.

Aber irgendwann geht Licht an am Berg und Taras kommt mit einem Mann angestapft. Es ist *Jankov*, der Sohn von Taras Cousine *Marie*, die wir später kennen lernen.

Er umarmt und küsst mich, fast zahnlos, aber darum nicht minder herzlich und schleppt dann unseren schweren Koffer.

Die Familie hatte schon geschlafen, aber im Nu sind alle auf den Beinen.

Irina, Jankow's Frau, hat sich einen „Perlon-Kittel" über ihr Nachthemd gezogen. Sie sieht nett aus, lacht und begrüßt uns so freundlich und herzlich, schade, dass ich sie nicht verstehen kann.

Die beiden erwachsenen Töchter kommen auch dazu, und nun werden wir von allen umsorgt und versorgt. Sechs Eier werden gekocht, sechs dicke Würstchen heiß gemacht, Brot und Tomaten geschnitten, aber vorher gibt es einen Wodka und alle trinken mit.

Taras unterhält sich noch lange mit Irina und Jankow. Die Mädchen richten inzwischen die Betten, wofür ich sehr dankbar bin.

Samstag, 27. August 2005

Nach einem kräftigen Frühstück steigen wir am nächsten Morgen den Berg hinauf und haben im Sonnenschein einen schönen Blick auf die Karpaten, die jetzt wirklich blau erscheinen.

„Wenn wir hier weiter laufen würden," sagt Taras, „über den Berg bis zur anderen Seite, kämen wir genau in dem kleinen Dorf *Nowoserezia* an, wo ich mit meinen Eltern gelebt habe, wo wir einen kleinen Kaufladen hatten. Mit meinem Vater bin ich den Weg oft gegangen. *Werden die Vögel auch so schön singen, wenn wir alle sterben müssen,* habe ich ihn einmal gefragt. Er hat Kräuter gesammelt, damit kannte er sich aus. Wenn manchmal Leute Schmerzen oder Entzündungen hatten, hat er sie beraten und ihnen Kräuter gegeben."

Jankow und Irina haben ein schönes Haus. Es ist, wie alle Häuser hier, aus Lehmziegeln gebaut. Der weiche Lehm wird mit kurzgeschnittenem Stroh gemischt, daraus werden ziegelförmige Steine geformt und getrocknet. Der Rohbau wird dann mit dem gleichen Material verputzt und grau-beige gestrichen. Die Fenster- und Türumrandungen heben sich dunkelbraun ab. Sie haben viele Blumen im Haus und auch einen schönen Blumen- und Gemüsegarten, einen Auslauf für die Hühner, der von Weinranken beschattet wird.

Taras vor dem Haus von Irina und Jankow

Irina im Garten ihres Hauses

Aber ansonsten ist die Zeit hier stehen geblieben. Es gibt keine Zentralheizung, keine funktionierende Spültoilette, und der Badeofen ist bestimmt so alt wie das Haus.

Seitdem die Ukraine frei ist, wird es aber langsam besser. Die beiden Töchter haben ein Auto und leben, wie viele junge Leute hier, vom „Kaufen und Verkaufen". Dabei machen sie sich die nahen Grenzen nach Ungarn und zur Slowakei zunutze.

Als nächstes wollen wir Marie besuchen, Taras Cousine.

Taras hat einen Mann „besorgt", der ein Fahrrad hat und unseren Koffer den steinigen Bergweg hinunterbefördern will. Die Töchter von Irina können ihr Auto nicht benutzen, denn der vom Gewitterregen zerstörte Weg muss erst gerichtet werden.

Unten wartet eine Freundin von den beiden, ein hübsches junges Mädchen, schlank und schick, in moderner hellgrüner Hüfthose mit gleichfarbigem Top. Sie hat sich erboten, uns per Auto ins nächste Dorf zu Taras Cousine Marie zu bringen.

Marie ist 82 Jahre alt, eine kleine, ganz zierliche Frau, auch ohne Zähne, aber sie strahlt vor Freude als sie Taras sieht und begrüßt uns ganz herzlich.

Sie hat schöne blaue Augen und eine zarte fast faltenfreie Haut.

Taras erzählt mir später, dass sie bis zu ihrem fünfundsiebzigsten Lebensjahr auf der Kolchose in der Landwirtschaft gearbeitet hat, kaum zu glauben.

Ein dickes braunes Huhn läuft wie ein kleiner Hund auf Schritt und Tritt hinter ihr her.

Maries Huhn

Sie wohnt in einem kleinen Häuschen, das nur einen Raum hat.
Es ist ihr Wohnraum, Schlafraum und Waschraum. „Früher war das ein Stall," sagt Taras, „und hier, unter dem Dach in einem kleinen Bodenraum, hatte ich meine Geheimnisse versteckt, meine Bilder und Briefe aus Deutschland. Niemand hatte davon Kenntnis.
Hier lagen sie sicher, und immer, wenn ich in all den Jahren mal hier war, habe ich nachgesehen, ob noch alles da ist."
Sofort werden wir zum Mittagessen eingeladen. Marie hat eine gute Suppe gekocht und an dem kleinen Tisch haben wir zu dritt Platz.
Taras und ich bekommen jeder einen Hocker, mit einem frischen Deckchen drauf, Marie sitzt auf ihrem Bett. Emsig bedient sie uns.
Es gibt zum Essen ein Glas selbstgemachten Wein aus Johannisbeeren. Taras und Marie haben sich viel zu erzählen.

Wir können im Haupthaus schlafen, das leer steht. Hier hat Marie früher mit ihrem Mann und ihren beiden Söhnen gelebt. Es hat drei Räume. In der Vorratskammer hängen noch ein paar Würste und etwas Speck. Die Einrichtung ist kaum verändert, denn auch hier ist die Zeit stehen geblieben. An der Wand hängen Bilder von der Familie. Auch ein Bild von Taras, etwa zwanzigjährig, ist dabei. „Damals war ich schon auf der Fliegerschule," sagt Taras.

Marie und Taras vor Maries Haus

Taras am Morgen in Maries Haupthaus

Dann machen wir einen langen Spaziergang. An der Straße, die den Berg hinaufführt, hat der Opa von Taras gelebt. Es war das Elternhaus seiner Mutter, aber es ist nicht mehr da.

Taras findet sofort den Platz, wo es gestanden hat. „Als mein Opa gestorben ist," sagt Taras, „bin ich mit meiner Mutter und meinem Vater dort hingegangen. Ich war noch klein, aber es ist ganz fest in meiner Erinnerung.

Dieses Haus habe ich gesucht, als ich mit vierzehn Jahren von den Russen in die Ukraine geschickt wurde. Es war sehr schwer, die Verwandten meiner Mutter zu finden, denn ich war ja erst sieben Jahre alt, als wir von hier aus geflohen sind.

Ich erinnerte mich an die Stadt Lemberg. Dort war ich mit meinen Eltern gewesen. Also fuhr ich erst mal bis Lemberg. Von dort aus hatte ich zunächst den falschen Zug genommen und die Gegend war mir ganz unbekannt. Ich fuhr zurück und dann in die andere Richtung. Jetzt erkannte ich die Berge der Karpaten und wusste wo ich aussteigen musste.

Dann fand ich das Haus meines Opas, aber es wohnte niemand mehr dort. Ich lief weiter und entdeckte ein Stück weiter das Haus, in dem mein Onkel wohnte."

Wir laufen weiter die Straße hinauf und Taras findet den Platz, wo damals das Haus seines Onkels stand.

„Hier, in der Familie meines Onkels, habe ich ein Jahr gelebt und in der Landwirtschaft gearbeitet. Vormittags ging ich in die Dorfschule, ich musste ja zuerst mal Russisch lernen. Eine ältere Lehrerin, deren Mann vermisst war, unterrichtete mich. Nachmittags hütete ich die Kühe. Dort auf der Wiese habe ich oft gesessen. Ich lernte dabei russische Texte und Gedichte, das war sehr schwer.

Dabei war ich in meinen Gedanken oft in Sachsen, bei Klaus, bei Ines und bei Rosemarie." Taras weint. „Ja, oft musste ich an Elisabeth und Bruno Kürzel denken. Ich sah immer das letzte Bild: ich war schon in einem Gebäude der russischen Kommandantur, dort stand ich am Fenster und zog die Vorhänge zurück. Auf der Straße standen Bruno und Elisabeth Kürzel und Ines war auch dabei, und sie winkten mir zu."

„Hast du auch oft an deine Eltern und an deine Schwester gedacht," frage ich ihn, „die Grenze nach Ungarn ist doch hier ganz in der Nähe."

„Nein, sagt er, das konnte ich nicht, das saß alles in diesem Klumpen in meiner Brust."

Wir wandern weiter und Taras erzählt, das er im Sommer oft nachts draußen bei den Pferden geschlafen hat.

„Die mussten tagsüber arbeiten," sagt er, „und nachts fraßen und ruhten sie. Ich bekam auch mein Essen mit, eine Tasche, so aus Stoff selbst gemacht, mit Speck und Kartoffeln."

Er berichtet ausführlich, wie er sich am Feuer eine gute Mahlzeit zubereitet hat.

„Nach einem Jahr hat mich dann Tante Maria zu sich genommen, die Mutter von Marie.

Sie lebte mit ihrer Familie noch ein Stück weiter den Berg hinauf."

Taras hat keine Mühe auch diesen Platz zu finden.

„Du musst auf der Schule weiterlernen hat Tante Maria gesagt, und ich kam in die achte Klasse der Oberschule. Sieben Kilometer musste ich bis zur Schule laufen. Siehst du, diesen Weg entlang.

Taras auf „dem Weg"

Die Schuhe habe ich immer ausgezogen, denn über diesen Weg wurden auch die Kühe getrieben, und ich musste doch mit sauberen Schuhen in der Schule ankommen."

Ich stelle fest, dass über diesen Weg noch immer die Kühe getrieben werden, hier hat sich nichts verändert.

„Bis ein Jahr vor Schulabschluss habe ich bei Tante Maria gelebt. Das Familienleben spielte sich in dem großen Wohnraum ab, wo gegessen und geschlafen wurde. Dort hatte ich auch meine Schlafbank. Im letzten Schuljahr war ich dann im Internat."

Wir wandern die Straße wieder hinunter und kehren noch bei *Wasil* und *Maria* ein, die einen kleinen Kaufladen haben.

Taras kennt sie und weiß, das man dort auch ein Gläschen selbstgemachten Wein bekommt.

Taras und ich bei Maria (rechts)

Sie sind sehr gastfreundlich und es ist schon fast dunkel, als wir nach Hause kommen.

Marie hat mit dem Essen auf uns gewartet. Es gibt Suppe mit kleinen gefüllten Maultaschen.

Dann kommt noch eine Nachbarin und bringt frisch gebackenen Apfelkuchen und Plätzchen.

Sonntag, 28. August 2005
Marie hat uns ein gutes Frühstück zubereitet.

Wasil, der Wirt, bei dem wir gestern Abend ein Gläschen Wein getrunken haben, will uns heute in das Dorf fahren, wo Taras mit seinen Eltern gelebt hat. Er kommt pünktlich.

Das Dorf liegt hinter dem Berg, wo wir bei Jankow und Irina in der ersten Nacht geschlafen haben. Die Grenze zur Slowakei ist dort ganz in der Nähe.

Die schmale Dorfstraße, mehr ein Weg, schlängelt sich den Berg hinauf. Rechts und links stehen einfache kleine Häuschen.

Da heute Sonntag ist, sieht man Leute, die sich über den Gartenzaun hinweg unterhalten. Hin und wieder steht auch eine Kuh im Garten vor dem Haus.

Links der Straße fließt ein ziemlich breiter Bach. Über Bretterstege gelangt man hinüber.

Nach sechsundsechzig Jahren hat sich die Dorfstraße verändert.

Die meisten Häuser gab es früher nicht, aber den Bach erkennt Taras sofort und danach orientiert er sich.

„Hier in der Nähe," sagt er, „muss das Haus meiner Eltern gestanden haben. Es lag ein wenig zurück von der Straße. Hier habe ich früher im Bach Fische gefangen. Ich hatte einen Eimer, der im Boden viele kleine Löcher hatte. Für die Fische tat ich ein wenig Futter hinein und ließ den Eimer an einem Band ins Wasser. Wenn ich ihn nach einer Weile wieder herauszog waren meistens Fische drin."

Es hat sich herumgesprochen, dass Taras das Haus seiner Eltern sucht, und jetzt kommt ein sehr alter Mann auf uns zu.

Er weiß genau, wo früher der Kaufladen war und führt uns zu der Stelle, wo das Haus gestanden hat.

Ein Teil des Kellers ist noch da und Taras erkennt die Feldsteine der Ruine. „Das ist der Kellereingang gewesen, dort passierte es," sagt er. „Meine Mutter und ich waren im Haus. Plötzlich kamen zwei ungarische Soldaten auf Pferden. Sie hatten Karabiner und Hunde. An anderen Häusern waren weiße Tücher ausgehängt, bei uns nicht. Die Soldaten fragten nach meinem Vater und durchwühlten dann alles im Haus. Dann musste meine Mutter sich an die Kellerwand stellen, und die Soldaten richteten die Gewehre auf uns. *Wenn ihr mich erschießen wollt, müsst ihr auch meinen Sohn erschießen,* rief meine Mutter in ihrer Verzweiflung und hielt mich fest an der Hand."

Taras vor der Steinmauer am Kellereingang

Taras tut mir in der Seele leid, er weint und erlebt alles noch einmal - trauriger Taras.

Man sieht von diesem Platz aus ein wenig tiefer am Berg noch Teile des alten Schulgebäudes.

„Von dort kam der Lehrer, Herr Schwarz, und sprach mit den Soldaten Ungarisch. Daraufhin ließen sie ihre Gewehre herunter und ritten fort. Der Lehrer kannte mich, denn ich war gerade eingeschult worden.

Mein Vater war nach Deutschland geflohen. Meine Mutter und ich hatten ihn noch ein Stück begleitet. In einem Birkenwäldchen im Grenzgebiet hat er sich dann von uns verabschiedet. Meine Mutter muss irgendwie Kontakt zu ihm gehabt haben, denn sobald die Soldaten fort waren, sind wir mit ein paar Habseligkeiten ebenfalls geflüchtet Wir fuhren über Budapest und Wien nach Hannover. Dort haben wir uns mit meinem Vater getroffen."

Taras ist tiefbewegt und immer wieder versagt seine Stimme.

In einer Bücherei in Kiew hatte Taras ein Buch entdeckt, in dem die wechselvolle Geschichte der damaligen Zeit in genau dieser Region beschrieben ist.

Wir lernen die Autorin kennen, die auch in diesem Dorf lebt. Sie ist Sekretärin des Bürgermeisters und lädt uns in das Bürgermeisteramt ein. Taras unterhält sich lange mit ihr.

Taras hat noch ein Photo seines Vaters, auf dem dieser eine weiße Offiziers-Uniform trägt. Er wird bei der „Weißen Armee", der Armee der Zaren, gedient haben. Nach der Russischen Revolution wurde diese Armee von der „Roten Armee", d.h. von den Kommunisten, verfolgt und zerschlagen. Taras weiß, dass sein Vater nach Frankreich emigriert war und etwa zehn Jahre in Paris gelebt hat, dann in die Karpaten-Region zurückkam, die damals zur Tschechoslowakei gehörte, und dort seine Mutter geheiratet hat.

Die Autorin freut sich über sein Interesse an ihrem Buch und lässt noch ein paar Fotos machen. Sie erzählt Taras, dass sie sich bemüht, deutsche Touristen einzuladen. Sie hat Darmstadt als Patenstadt für diese Karpaten-Region gewonnen. Eine Kollegin kommt und bringt

in einem großen Schraubglas Kaffee (eine Thermokanne gibt es hier noch nicht!) und einen Teller mit selbstgebackenem Kuchen.
Wir bedanken uns für die herzliche Gastfreundschaft und werden eingeladen, doch wiederzukommen und noch Freunde mitzubringen.

Der Wirt Wasil hat geduldig im Auto gewartet. Seine Frau Maria hat uns zum Mittagessen eingeladen und jetzt wird es Zeit, meint er.
Wir essen in der kleinen Küche. Es gibt Hühnersuppe, Röllchen von Gehacktem in Pilzsoße mit Sahne und es schmeckt vorzüglich, besonders die Pilze, die hier noch reichlich wachsen, haben einen herrlichen Geschmack. Maria hat immer wieder zwischendurch in ihrem kleinen Kaufladen neben der Küche zu tun, aber das macht ihr gar nichts aus. Die Zwei sind so nett und herzlich, man fühlt sich wohl bei ihnen.
Den Weg zurück laufen wir zu Fuß, denn jetzt brauchen wir Bewegung. Taras will mir noch eine Wasserquelle am Berg zeigen und wir wollen versuchen, sie zu finden.
Vorher will er noch eine Frau besuchen, die den Kulturverein leitet, und die er von früher kennt. „Sie weiß auch, wo die Quelle ist," meint Taras.
Die Dame freut sich sehr als sie Taras sieht, aber sie macht ihm klar, dass wir ganz schnell mitkommen sollen, denn auf dem Berg ist eine Feier, sagt sie. Sie geht in ihrem hübschen langen Rock schnellen Schrittes voraus, durch Wiesenpfade den Berg hinauf. Oben sieht man ein sehr altes, strohgedecktes Haus und man hört Musik.

Taras erkennt das Haus.
„Früher," sagt er, „standen hier drei solche Häuser. Meine Eltern erzählten mir, dass ich hier geboren bin, aber ich weiß natürlich nicht, in welchem der Häuser. Vielleicht war es ja in diesem alten Heimathaus."

Taras vor dem Heimathaus in Saritschewo, seinem möglichen Geburtshaus

Wir treffen hier eine Gruppe deutscher Touristen, die von einheimischen Frauen bewirtet und unterhalten werden. Die Frauen haben sich hübsch gemacht, in alten Trachten führen sie Tänze vor und singen ukrainische Volkslieder. Auch Taras muss ein Tänzchen mitmachen und soll aus seinem Leben erzählen, aber die Tränen kommen und man kann nicht weinen und reden.

Wir sind natürlich erstaunt, hier Deutsche anzutreffen, die hier ihren Urlaub verbringen. Sie sind privat untergebracht. Wie sie erzählen, sind die Quartiere ohne viel Komfort, aber sauber, und vor allen Dingen gefällt ihnen die Herzlichkeit der Menschen.
Auch im vorigen Jahr haben sie hier ihren Urlaub verbracht. Die Ruhe gefällt Ihnen, Sie machen Bergwanderungen und Radtouren.

Im Anschluss an diese kleine Feier soll noch ein Tal besichtigt werden, in dem ausschließlich Zigeuner leben. Wir schließen uns der deutschen Gruppe an.

Am Eingang des Tals warten schon die Zigeunerkinder. Sie singen und tanzen auf der Straße und im Nu ist Taras mitten unter ihnen.

Er hat sofort den gleichen Rhythmus. Die kleinen Mädchen schwingen ihre Röcke und die Jungen mit ihren pechschwarzen Augen und ebensolchen Händen und Füßen strahlen vor Vergnügen. Taras wird von allen umringt. Ab und zu greift er in die Tasche und schenkt ihnen ein paar Griwna. Seine Augen strahlen genau so, wie die der Kinder - glücklicher Taras.

Taras mit den Zigeuner- Kindern von Saritschewo

Das Zigeunertal ist für meine Begriffe schrecklich. So viel Unrat und Schmutz habe ich noch nie gesehen. Ich weiß nicht, wie hier Menschen leben können und bitte Taras, umzukehren.

Die Kinder laufen mit, und als wir wieder im Dorf sind und in einem kleinen Laden etwas zu trinken kaufen, warten sie geduldig, bis Taras noch einmal in die Tasche greift und ihnen sein letztes Kleingeld gibt. Auf dem Weg nach Hause kommen wir an der kleinen Dorfkirche vorbei. Die Glocken läuten, denn heute ist ein Marienfest.

"Hörst du," sagt Taras, „die Glocke hat den gleichen Ton, wie die Glocke in der Berger Kirche. Das ist mir bei meinem ersten Besuch bei euch aufgefallen." Er macht das Kreuzzeichen und sagt: „Das mache ich immer so, wenn ich an dieser Kirche vorbeigehe, ich habe es auch immer so gemacht, wenn ich mal im Urlaub hier war, denn ich wusste immer, dass dort oben einer ist der mich führt."

Mir geht der ganze Tag noch einmal durch den Kopf. Viel haben wir erlebt.

Heute ist der letzte Tag in der Ukraine, der Ausflug in Taras schwere Kinderzeit fast zu Ende. Es fehlt nur noch der Friedhof in Debrecen. Hoffentlich kann er jetzt alles ein wenig besser verarbeiten.

Taras ist auch still geworden und hängt seinen Gedanken nach.

Plötzlich bleibt er stehen und schaut mich an.

„ Komm` in meine Arme," sagt er, „du tust soviel, ich möchte immer mit dir sein, wenn du mit mir sein willst!"

Dieser einfache Satz „aus heiterem Himmel" verändert mein Leben.

Es schien alles so einfach und war doch so schwer.

So viele Gedanken - so viele Gefühle.

So viele Fragen - und keine Antworten.

Gesiegt hat die Liebe.

Wir gehen nicht mehr nebeneinander her – wir gehen zusammen.

Keiner ist mehr allein, und ich bin glücklich, von diesem lieben Menschen geliebt zu werden.

Ich begleite ihn nicht mehr, sondern wir reisen zusammen.
Ich schreibe nicht nur seine Lebensgeschichte auf, sondern ab jetzt bin ich ein Teil davon.

9

Eine Rückreise mit Hindernissen

Montag, 29. August 2005

Wir stehen früh auf, denn Wasil will uns zum Zug nach Chop bringen. Seit heute Nacht regnet es. Barfuß, mit einem Regenschirm ausgerüstet, laufe ich über Marias Wiese und suche die „Zigeunertoilette", wie Taras diese Wiese nennt, auf.
Marie ist aber schon viel länger auf den Beinen. Sie läuft schon mit Gummistiefeln und Kopftuch ums Haus. Jetzt ruft sie zum Frühstück. Sie hat Hühnersuppe gekocht und packt uns beide Hühnerbeine und Brot für die Reise ein. Beim Abschied hält Taras sie lange in den Armen, die liebe Marie.

Mit Wasil fahren wir zuerst nach Uzgorod, um uns den neuen Bahnhof, den ein bekannter Architekt entworfen hat, anzuschauen, und ein paar Filme zu kaufen. Dann fahren wir weiter bis Chop, denn um 13:00 Uhr geht unser Zug nach Debrecen. Ein ordentlicher Gewitterregen prasselt herunter, aber Wasil umkurvt alle Schlaglöcher. Wir verabschieden uns von unserem hilfsbereiten Fahrer und gehen durch die Passkontrolle. Auf der Bahnstation haben wir noch ein wenig Zeit. Die kleine Wartehalle in Chop ist alt und schäbig, ein Teil der Deckenverkleidung fehlt.

„Genau hier stand damals Herr Zimmermann" sagt Taras. „Es war so ein gutes Gefühl, auf einmal deutsche Worte zu hören. Ich denke es war kein Zufall, dass hier ein Mann stand, der für mich die Familie Kürzel in Deutschland suchen wollte."

Der Zug kommt pünktlich und nach kurzer Zeit erreichen wir Sahony, die erste Station in Ungarn.

Ein Grenzbeamter steigt zu und kontrolliert die Pässe. Den Reisepass von Taras schaut er sich eine Weile an, dann verlässt er den Zug mit samt dem Dokument. Wir ahnen noch nichts Böses, aber dann kommen zwei Beamte und machen uns klar, mit unseren Koffern auszusteigen und ihnen in die Grenzstation zu folgen. Sie sprechen weder Russisch, Ukrainisch noch Englisch und wir wissen nicht, was das Ganze bedeuten soll. Hinter einem Schalter sitzt der Beamte aus dem Zug, hält den Reisepass von Taras in der Hand und telefoniert.

Dann legt er den Pass zur Seite und ignoriert uns vollkommen.

Die Zeit vergeht und auf unsere Versuche, ihn in diversen Sprachen anzusprechen, zuckt er nur die Schultern.

Der Zug nach Debrecen fährt ohne uns ab.

Die ungarische Botschaft in Berlin hatte uns doch „grünes Licht" gegeben und uns sogar schriftlich bestätigt, dass Taras mit seinem Schengen-Visum durch Ungarn fahren kann. Ich zeige dem Beamten die Bescheinigung, aber er wirft nicht mal einen Blick darauf. Wir begreifen es nicht und per Handy rufe ich die ungarische Botschaft in Berlin an. Die Beamtin auf dem Konsulat erinnert sich an unser Gespräch und ist bereit, mit dem Beamten zu sprechen.

Unwillig nimmt er das Handy und spricht mit ihr. Sie sagt mir dann anschließend, dass der Beamte behauptet hat, Taras hätte kein Schengen-Visum. Das ist natürlich eine Frechheit und jetzt steigt Wut in uns hoch.

Was sollen wir machen. Wir sind diesem dicken glatzköpfigen Beamten ausgeliefert. Die Dame vom Konsulat hatte mir noch gesagt, dass Taras das Recht auf einen Russisch sprechenden Beamten hätte, aber der Grenzer macht überhaupt keine Anstalten uns irgendwie zu helfen.

Im Gegenteil! Er packt ein dickes Baguette-Brötchen aus und kaut uns ungeniert was vor. Ich komme mir vor, wie in einem billigen amerikanischen Krimi.

Der Regen hat aufgehört. Es ist herrlicher Sonnenschein und seit mehr als zwei Stunden sitzen wir auf der Bank vor der Grenzstation.

Wir verspeisen die Hühnerbeine, die Marie uns eingepackt hat und holen uns aus einem kleinen Laden ein Bierchen dazu.

Endlich gegen 16:00 Uhr kommt aus der Gegenrichtung ein Zug. Taras bekommt seinen Pass und wir werden zum Zug geleitet, zurück nach Chop, um in Uzgorod ein Transitvisum zu besorgen.

Jetzt sind wir also wieder in der Ukraine.

Taras sucht ein Taxi. Er nimmt einen alten russischen Fiat. „So einen hatte ich selbst – fünfundzwanzig Jahre lang, der läuft immer!"

Der Fahrer weiß, wo das ungarische Konsulat ist, aber leider ist dort schon alles geschlossen. Ein Beamter, der gerade sein Büro verlassen hat, schaut sich noch kurz den Pass an, schüttelt den Kopf und sagt: „Das Visum ist in Ordnung, kommen sie morgen früh um halb zehn, dann ist hier geöffnet."

Also müssen wir uns ein Hotel suchen. Wir nehmen das *Hotel Karpaten*, das nicht so sehr teuer ist. Taras bucht, denn für Deutsche berechnet man hier den doppelten Preis. Als wir dann unser Zimmer beziehen, hat Taras gleich den Griff von der Balkontür in der Hand, mir geht es im Bad genau so mit dem Wasserhahn.

Taras schimpft: „Das ist ein dummes Land, dummes Hotel und dumme Leute. Heute brauche ich hundert Gramm." (100 g Wodka)

Inzwischen ist es fast dunkel geworden, und wir machen uns zu Fuß auf den Weg in die Stadtmitte.

Taras weiß, dass es an der Uz, die durch die Stadt fließt, ein paar Restaurants gibt, jedenfalls gab es sie früher. Der Weg dorthin ist schrecklich. Vom Regen sind überall riesige Pfützen, ständig muss man die Straßenseite wechseln. Spätestens jetzt weiß ich, was eine „Oberflächenentwässerung" bedeutet. Gott sei Dank scheint der Mond, denn Straßenbeleuchtung und Bürgersteige sind rar und

letztere oft von großen Müllhaufen besetzt. Irgendwann finden wir dann doch noch ein Restaurant. Es gibt etwas zu essen, nette Leute zum Gespräch für Taras, und er bekommt seine hundert bis zweihundert Gramm (Wodka) und ich wohl auch fünfzig.
Mit der Taxe fahren wir zurück ins Hotel.

Dienstag, 30 August 2005
Am Morgen scheint die Sonne und das ganze Uzgorod sieht etwas freundlicher aus. Vom Balkon aus haben wir nun noch mal einen schönen Blick auf die blauen Karpaten.
Das Frühstück gibt es im riesigen Speisesaal, der noch vom Massenbetrieb vergangener Zeiten zeugt. Es sind aber nur ganz wenige Tische besetzt. Ein Kellner bringt Kaffee und Tee, ein zweiter Milch und Zucker, ein dritter Brot und Aufschnitt, ein vierter kassiert. Das ist wohl noch so aus der Planwirtschaft der Sowjetunion.
Recht zuversichtlich fahren wir nun per Taxe in die Botschaft.
Auch hier muss man erst einmal riesige Pfützen überwinden, bevor man die Anlagen erreicht. Taras wird durch ein Metalltor hereingelassen, ich muss draußen warten. Es dauert sehr lange, bis er zurück kommt, und an seiner Körperhaltung sehe ich gleich, dass etwas schiefgelaufen ist. Er ist völlig niedergeschlagen. Man hat ihm gesagt, dass er neue Passbilder machen lassen muss, um ein Transitvisum zu bekommen. Das würde aber einige Tage dauern.
Jetzt lagen auch bei mir die Nerven blank. Mein Gott was soll das. Taras hat Herzbeschwerden und ich bekomme Angst. Jetzt sitzen da auf diesem ungepflegten Botschaftsvorplatz, auf dem es nur lehnenlose Bänke gibt, von denen auch noch die meisten kaputt sind, zwei ziemlich verzweifelte alte Leute, die sich tröstend die Hände halten.
Was sollen wir machen? Wir haben unsere Fahrkarte zum Sonderpreis und müssen die Rückfahrzeit einhalten, sonst ist die Karte ungültig.

Wir überlegen, ob wir per Taxe versuchen sollen über die Straßengrenze nach Ungarn zu kommen. Die Passbilder will Taras aber im Gebäude nebenan sicherheitshalber machen lassen, um nicht noch mehr Zeit zu verlieren. Diesmal gehe ich aber nach einer Weile einfach hinterher. Die Tür ist nicht verschlossen, eine dunkle Steintreppe ohne Geländer führt nach oben.

Taras hat seine Bilder bekommen und ein Antragsformular für ein Transitvisum. Per Zufall hat er an einer Tür einen ukrainisch klingenden Namen entdeckt und klopft an. Ein älterer Beamter öffnet und bittet uns herein. Er spricht Russisch und Taras unterhält sich eine ganze Weile mit ihm. Er erzählt ihm wohl von unserem Missgeschick, jedenfalls schüttelt der Beamte hin und wieder ungläubig den Kopf. Dann schreibt er eine Telefonnummer auf einen kleinen Zettel, gibt sie Taras, schaut mich aber dabei an. Taras übersetzt mir nun folgendes:

Ich soll mit meinem Handy den Herrn Generalkonsul Janosch anrufen, der im gleichen Gebäude seinen Amtssitz hat und sehr gut Deutsch spricht, soll aber nicht sagen, dass wir hier im Büro sind.

Ich wähle die Nummer und werde weiterverbunden.

Die Stimme des Herrn Generalkonsul klingt genau so sympathisch, wie sein Name. Er hört sich unser Problem an und fragt: „Wo sind sie jetzt?" Geistesgegenwärtig antworte ich: „Wir stehen vor ihrer Residenz." „Ich werde sie sofort hereinführen lassen", ist seine Antwort, „den Pass möchte ich mir ansehen."

Wir bedanken uns bei dem netten Beamten, geben den Telefonzettel zurück und laufen so schnell es geht die geländerlose Betontreppe herunter. Unten öffnet sich dann ein Stückchen weiter eine andere Tür und durch ein komfortables Treppenhaus werden wir heraufgebeten. Der Beamte führt uns durch ein helles Büro, wo fleißige Damen an Computern sitzen, in einen Konferenzraum.

Jetzt sind wir anscheinend in einem anderen „Film". Auf einem langen Edelholztisch stehen ein großer Obstkorb und ein Tablett mit verschiedenen Flaschen Cognac, Whisky usw. Der Beamte deutet auf ein Ledersofa und wir nehmen Platz.

Schon nach ein paar Minuten kommt der Herr Generalkonsul, begrüßt uns freundlich in deutscher Sprache und erzählt uns, dass er fünf Jahre lang in Bonn gearbeitet hat und eine sehr schöne Zeit in Deutschland hatte. Er lässt sich von Taras den Pass geben. Auch er schüttelt den Kopf: „Sie haben ein gültiges Schengen-Visum, damit können sie ohne weiteres durch Ungarn fahren." „Das wissen wir auch," sage ich, „aber was sollen wir machen, wenn der Beamte in Sahony uns einfach nicht fahren lässt?"

„Wissen Sie", antwortet er sichtlich erregt, „ich werde Ihnen ein neues Visum geben, das über diesem steht. Damit können sie dann ein Jahr lang Ungarn bereisen, wann immer sie wollen. Es wird etwa eine Stunde dauern, würden Sie bitte hier so lange warten?"

„Sehr gerne" antwortet Taras mit einem kleinen Seitenblick auf die erlesenen Getränke.

Mit einem Schmunzeln verlässt der Herr Generalkonsul den Raum.

Eine Sekretärin bringt uns auf einem Tablett zwei Gläser und eine Flasche Wasser, wofür wir sehr dankbar sind. Schon nach einer dreiviertel Stunde ist der Pass fertig und wir verlassen total erleichtert die ungarische Botschaft.

Per Taxe geht es wieder nach Chop, durch Pass und Zollkontrolle.

Mit dem nächsten Zug passieren wir auch die ungarische Grenze Sahony ganz problemlos. Der Grenzbeamte blättert zwar leicht verwirrt in Taras Pass hin und her, schüttelt auch wieder den Kopf, wahrscheinlich wundert er sich über zwei gültige Visa und weiß nicht recht, wo er den Stempel hinsetzen soll, aber was soll's?

Mit dem neuen Visum in der Brusttasche spürt Taras keine Herzstiche mehr und jetzt sitzen zwei gut gelaunte alte Leute im Zug nach Budapest, die sich glücklich die Hände halten.

Am Nachmittag erreichen wir Debrecen.

Wir versuchen, *Liesa* auf dem Bahnhof zu treffen, eine Dame, bei der Taras sich noch bedanken möchte, da sie ihm bei seinem ersten Besuch so sehr geholfen hat. Leider hat sie dienstfrei, und eine Kollegin erzählt uns, dass Liesa für ein paar Tage mit ihrem Mann verreist ist. Taras lässt sie grüßen und übergibt der Kollegin ein kleines Geschenk für sie.

„Wie hast du Liesa eigentlich kennen gelernt?" frage ich Taras, als wir wieder vor dem Bahnhof stehen. „Weißt du, „ sagt er, „ als ich 2001 zum ersten mal hier war, stand ich genau hier vor dieser Ampel. Sie war rot, und ich wartete. Neben mir stand ein Mann, er war ein „Militär", nun, ich war ja früher auch ein "Militär". Ich fragte ihn auf Russisch nach dem Friedhof. Er antwortete auf Ungarisch: "Komm mit!" Diese Worte verstand ich sehr gut. Die Ampel wurde grün und ich folgte ihm über die Straße. Es wurde schon etwas dunkel, und ich fürchtete mich ein wenig, denn er ging drüben auf das Hochhaus zu, dass früher nicht dort gestanden hat.

Wir fuhren in seine Wohnung im sechzehnten Stockwerk. Dort stellte er mir seine Frau vor, das war Liesa. Sie arbeitete am Informationsschalter auf dem Bahnhof und sprach Ungarisch und Russisch. Weißt du, es war wieder „der dort oben", der mich geführt hat. Von dem Balkon dieser Wohnung aus konnte ich ganz genau den Platz sehen, "wo es damals geschehen ist." Liesa hat mich dann mit dem Bahnhofsleiter bekannt gemacht. Er war sehr interessiert, etwas über den Bombenangriff vom 02. Juni 1944 zu erfahren, an dem über tausend Menschen ums Leben kamen. Bis jetzt wussten sie noch nicht, wer den Bahnhof zerbombt hatte. Ich übergab ihnen das Journal, das ich mitgebracht hatte, und in den nächsten Tagen stand ein Artikel darüber in Debrecen in der Zeitung. Es waren US-Bomber unter General Eger, die die Operation „Frantic" durchführten. Sie bombardierten von Poltawa aus die Eisenbahnknotenpunkte der Hitlertruppen in Debrecen, Dej und Clui. Von der Friedhofsverwaltung bekam ich dann den Friedhofsplan, wo alle Gräber aufgeführt sind. Siehst du, dort am Bahnhof hängt eine Gedenktafel für alle Bahnhofsmitarbeiter, die auch unter den Toten waren. Wir könnten den Bahnhofsleiter aufsuchen und ihn kurz begrüßen."

Inzwischen gibt es einen neuen Bahnhofsleiter. Er ist noch jung und er weiß nichts über den Tag vor sechzig Jahren.

Auch die Gedenktafel ist ihm noch gar nicht aufgefallen!

Wir machen uns auf den Weg zum Friedhof.

Nachdem wir zunächst im falschen Trolli-Bus sitzen, finden wir dann doch die richtige Richtung und den Haupteingang zum Friedhof *Köstemet*, der so groß ist, wie ein Stadtteil von Debrecen.

Ein Herr von der Friedhofsverwaltung bringt uns per Auto zum Abschnitt „12". Dort liegen die Toten des Bahnhofs-Bombardements. Wir laufen durch viele Gräberreihen und lesen so viele Namen. Ältere Menschen, junge Menschen und viele Kinder.

Für alle war das Leben am 02. Juni 1944 zu Ende. Viele der kleineren Grabplatten sind schon zugewachsen und die Namen *Theresia Ruditsch* und *Helen Ruditsch* finden wir nicht. Taras sucht unermüdlich weiter, aber wir haben nicht mehr so sehr viel Zeit, uns fehlt der verlorene Tag. Zu Fuß gehen wir zurück. Am Denkmal der russischen Piloten hält Taras inne.

Sein Herz schlägt für die Flieger, die beim Luftkampf ums Leben kamen und immer zu zweit oder zu dritt begraben wurden, so, wie sie in ihren Maschinen gesessen hatten. Alle gefallenen deutschen Soldaten wurden, wie wir ja wissen, nach Budaörs umgebettet.

An der Leichenhalle angekommen, erinnert sich Taras: „Hier habe ich damals gestanden. Zwei Soldaten hatten mich aus dem Hospital hergebracht. Ich war noch zu schwach zum Laufen und sie stützten mich.

Ich sollte noch einmal meine Eltern sehen, aber einer der Soldaten sagte: *„Wir werden sie ihm nicht zeigen, er wird die Bilder im Leben nicht vergessen."* So zeigten sie mir nach der Begrabung nur die Sandhügel. Ich habe nie begriffen, dass sie auf einmal nicht mehr da waren."

Wir fahren zurück zum Bahnhof, denn wir müssen noch den Abendzug nach Budapest erreichen. Drei Stunden fahren wir noch bis Budapest und es wird wieder fast Mitternacht sein, bis wir ankommen. Wir brauchen unbedingt noch ein Quartier.

Ich erinnere mich an die flotte Erica und finde den Zettel, den sie mir auf der Hinfahrt in die Hand gedrückt hat.. „Zimmer – rooms – Dusch - Toilett – französisch Bett."

Ihre Mobil-Nummer kann ich lesen und Erica ist sofort am Telefon: „Ja, kommen sie bitte, habe noch Zimmer frei!"

Auf dem Bahnhof angekommen, gibt es dann doch ein Problem.

Niemand kann die Straßenangabe auf dem Zettel lesen. So schwungvoll wie Erica in ihrem offenen Trench über den Bahnhof rauschte ist auch ihre Handschrift. Endlich finden wir einen Taxifahrer, der das Rätsel löst: *Leonardo-da-Vinci-utka 12-14.II.*

Er kutschiert uns durch Budapest und findet die richtige Straße, leider eine Einbahnstraße, und das letzte Stück müssen wir laufen.

So ziehen wir mit unserem Koffer durch die dunkle Gasse, aber als wir um die Ecke biegen, steht Erica im Mondschein und wartet auf uns: „Kommen Sie, kommen Sie, habe noch liebe Gäste aus London, müssen Sie kennenlernen". Aber wir sind müde und erschöpft und wollen nur noch „Dusch – Toilett' –französisch Bett!"

Mittwoch, 31. August 2005

Am Morgen bringt sie uns ein gutes Frühstück ins Wohn/Schlafzimmer, das sehr liebevoll mit schönen Möbeln eingerichtet ist, und erzählt uns, dass sie seit vier Jahren jeden Tag auf dem Bahnhof um Schlafgäste wirbt und durch das Vermieten ihrer beiden Zimmer das Studium ihrer Tochter finanziert.

Sie selbst schläft wohl im Korridor hinter einem Vorhang. "Ein Jahr noch, " sagt sie, „dann ist meine Tochter fertig und dann ist fini!"

Sie bekommt unseren letzten Fünfziger für Übernachtung, Frühstück und Taxe zum Bahnhof. Auf der stundenlangen Rückfahrt bringe ich Taras dazu, mir mehr aus seinem Leben zu erzählen.

„Wir haben deine schwere Kinder und Jugendzeit nacherlebt," sage ich, „wir waren in der Ukraine, in Bad Oeynhausen, in Sachsen und wieder in der Ukraine.

Du hattest aber doch auch gute Zeiten. Erzähl' mir aus deinem Leben. Wir fangen mal mit der Fliegerschule an.

Wieso wolltest du Flieger werden?"

„Ja also" sagt Taras, „neunzehn Jahre war ich alt, als ich mich entschied, Flieger zu werden. Die Technik hatte mich schon als Junge interessiert. Wie kann so ein Flugzeug fliegen?

Wir haben ja 1943 in der Ukraine in der Nähe eines Flugplatzes gelebt, und es waren deutsche Flieger, die mich in Debrecen gerettet haben. Ich machte also die Prüfung für die Fliegerschule.

Man musste gesund sein und sportlich gute Leistungen bringen. Dann kam eine theoretische Prüfung in verschiedenen Fächern.

Die schwierigste Sache war mein Lebenslauf, denn ich durfte nicht schreiben, dass ich mit meinen Eltern in Deutschland gelebt habe. Das durfte niemand erfahren.

Nach bestandener Prüfung war ich dann drei Jahre in Russland auf der Fliegerschule bei Saratov an der Wolga.

Taras auf der Fliegerschule bei Saratov an der Wolga, um 1954

Die Ferien habe ich in den Karpaten verbracht bei den Verwandten meiner Mutter, dort gab es immer viel zu tun in der Landwirtschaft.
Durch Zufall traf ich dort eine Cousine aus Vaters Seite.
So fand ich wieder Kontakt zu den Verwandten, die jetzt in Kiew lebten. Ein Bruder meines Vaters mit seiner Frau und die Schwester meines Vaters, die wir im Jahre 1943 besucht hatten.
Auf der Fliegerschule wurden wir an Bomberflugzeugen ausgebildet. Da ich jedoch niemals bombardieren wollte, meldete ich mich nach drei Jahren als junger Leutnant freiwillig für eine Ingenieur-Ausbildung für Hubschrauber nach Moskau. Es waren die ersten russischen Hubschrauber. Als Offizier wurde ich dann als Ausbilder für die neueste Technik der Flugzeuge und Hubschrauber auf verschiedenen Flughäfen im Kaukasus und in Belizi bei Tiflis eingesetzt. Bei Unwetter und beim Durchfliegen von Eiszonen wurde Sprit zum enteisen der Hubschrauberblätter benutzt. Dieser Sprit war besonders gut, nicht nur für die Hubschrauberblätter, auch mal ein Gläschen für manche Offiziere!"
„Warst du auch Parteigenosse?", frage ich ihn.
„Damals noch nicht, später musste ich natürlich in die Partei eintreten. Im Jahr 1959, ich war 27 Jahre alt, wurde ich auf die Insel Sachalin versetzt. Von Moskau aus fuhr ich mit der Eisenbahn eine Woche nach Wladiwostock. Von dort aus ging es per Schiff weiter. Nach zwei Tagen, am 14. Dezember 1959, habe ich im Hafen von Korsakov zum ersten Mal meinen Fuß auf die Insel Sachalin gesetzt.
Ich ahnte noch nicht, das es ein Aufenthalt für fünfundzwanzig Jahre werden würde."
Dann erzählt Taras von seiner langen Militärzeit auf Sachalin. Obgleich er inzwischen Major war, hat er sich für Politik nie interessiert. Den Kommunismus beschreibt er so: „Du kannst bis zum Horizont sehen, doch was dahinter ist, erfährst du nie."

Die Insel hat er geliebt. Es gibt dort wie in Alaska Bären und Wölfe, und seine Freizeit verbrachte er oft mit Jägern in der weiten Taiga, oder mit Fischern am Ozean.

Er hat seine Frau Natalie hier kennen gelernt, eine Koreanerin, die als Röntgen-Ärztin im Militär-Krankenhaus arbeitete. Der Sohn Dima wuchs hier auf und wurde Pilot, wie sein Vater.
Als Taras Rentner wurde, zog die Familie nach Kiew, in eine schöne Wohnung, die er für seine Militärzeit bekam. Nach zehn Jahren verlor Taras seine Frau durch eine schwere Krankheit.

Ob im Streß des Militärdienstes, in der Einsamkeit der Taiga oder glücklich in der Familie, das Trauma seiner Kinderzeit hat ihn wohl immer belastet.
„Wenn es Juni wurde" sagt er, „war für mich immer eine schwere Zeit."

Unser Proviant-Rucksack ist leer, als wir am Nachmittag in Osnabrück ankommen, aber unser Kopf ist voll von dem, was wir in der einen Woche erlebt und erfahren haben.
Es gibt viel zu erzählen!
„Was würde Dein lieber Klaus zu allem sagen?" fragt mich eine liebe langjährige Freundin.
Sie spricht aus, was ich schon tausendmal gedacht habe.

„Über die Fahrt durch Ungarn und in die Ukraine hätte er den Kopf geschüttelt. Aus dem Rucksack zu leben wäre nicht sein Ding gewesen, diese Reise hätte er anders gestaltet.
Und dass uns in unserem Alter die Liebe noch ereilt hat?
Ja, ich glaube es wäre ihm recht, dass ich nicht mehr allein leben muss.

Ein Wort von Augustinus hat mir nach seinem Tod sehr geholfen:

> *„Die wir geliebt und die uns sterben*
> *sind nicht mehr an dem Ort wo sie lebten und wirkten,*
> *aber sie sind überall wo wir sind. "*

So ist Klaus immer in unserer Nähe, in unseren Gedanken und Gesprächen. In lieber und dankbarer Erinnerung.

Aber Trost kann auch Zukunft sein und ich hoffe, dass die ukrainische Grenze, die Taras und mich im Augenblick trennt, überwunden werden kann und wir noch eine Weile zusammen leben können.

Zu Taras Dimitrowitsch Ruditsch

(*Taras* wurde nach dem ukrainischen Freiheitskämpfer
Taras Scheftschenko benannt, *Dimitri* ist der Vorname seines
Vaters)
Taras Ruditsch wurde am 22. Januar **1932** in Saritschewo bei
Usgorod in der Karpaten-Ukraine geboren.
Damals gehörte dieses Gebiet zur ehemaligen Tschechoslowakei.
Im Mai **1939** bedrohten ungarische Soldaten ihn und seine Mutter,
sie flohen über Budapest und Wien nach Norddeutschland. Dabei
folgten sie dem Vater, der politisch verfolgt wurde, nach Bad Oeyn-
hausen bei Osnabrück.
Vom 8. Mai bis zum 10. Dezember **1939** wohnte Taras mit seiner Mutter in
Rehme/ Bad Oeynhausen. In dieser Zeit wurde seine Schwester Helen

geboren. Taras Vater war bei der Organisation *Todt* (Reichsautobahnbau) beschäftigt und lebte in dieser Zeit im Lager in Bad Oeynhausen.

Vom 10. Dezember **1939** bis zum 22. Dezember **1942** lebte die Familie Ruditsch in Lohe bei Bad Oeynhausen. Taras besuchte die Grundschule in Hellerhagen.

Im Winter **1942/43** wurde der Reichsautobahnbau eingestellt, da die Organisation *Todt* jetzt die Aufgabe hatte, die Ostfront zu unterstützen.

Die Familie Ruditsch reiste in den Nord-Osten der Ukraine zu einer Schwester des Vaters in die Nähe von Sumy.

Im Frühjahr **1944** kam die russische Front immer näher und die Familie Ruditsch begab sich auf den Rückzug nach Westen. Für einige Monate lebten sie in der Nähe des Flugplatzes von Proskurow (heute Chmelnyzkyj) südwestlich von Kiew.

Hier hatte das Stammlager 355 der deutschen Luftwaffe einen Stützpunkt, der aber dann auch aufgelöst wurde.

Zusammen mit den deutschen Soldaten ging der Rückzug per LKW über Rumänien nach Ungarn.

Am 02. Juni **1944** gab es einen Großangriff amerikanischer Fliegerbomber auf den Bahnhof Debrecen in Ungarn, bei dem Taras seine Eltern und seine Schwester Helen verlor.

In der Zeit von Juni bis September **1944** nahmen deutsche Fliegersoldaten Taras mit auf den Rückzug von Debrecen (Ungarn) über Lemberg, Brody (Ukraine), Lublin, Krakau (Polen) nach Tschenstochau in Oberschlesien (heute Polen).

Von Tschenstochau brachte ihn der Feldwebel *Franz Altenbockum* auf ein Rittergut nach Kiefernhain bei Konstadt in der Nähe von Kreuzburg.

Ende **1944**/ Anfang **1945** wurde Taras auf das Rittergut *Langenau* in Sachsen gebracht.

Im April **1945** überfielen russische Soldaten das Gut Langenau, Taras wurde anschließend in der Familie Kürzel aufgenommen.

Von April **1945** bis Ende November **1946** lebte Taras in der Familie Kürzel.

Ende Nov. **1946** wurde er durch ein Verteilungslager in Grodno (Weißrussland) in die Karpaten- Ukraine verschickt.

Am 20. Januar **1947** wurde er von einem Bruder seiner Mutter in seinem Geburtsort Saritschewo aufgenommen. Er besuchte die Grundschule und lernte die russische Sprache.

1948 wurde er bei einer Schwester seiner Mutter aufgenommen und besuchte bis 1950 die Oberschule in Peretschin.

Von 1950 bis 1951 lebte Taras im Internat der Oberschule in Peretschin.

Von 1951 bis 1955 besuchte er die Fliegerschule an der Wolga bei Saratov und die Fliegerschule in Moskau.

Von 1956 bis 1959 diente er der Luftwaffe in Tiflis im Kaukasus und ließ sich auch für Hubschrauber ausbilden.

Im Dezember 1959 wurde er als Ausbilder auf die Insel Sachalin versetzt und lebte dort bis 1985.

In dieser Zeit heiratete er 1963 die Röntgenärztin Natalja Michajlowna, die im Militärkrankenhaus tätig war. Im selben Jahr wurde sein Sohn Dima geboren.

1985 zog Taras mit seiner Familie nach Kiew (Ukraine).

Im Januar 1993 starb seine Frau Natalja mit 59 Jahren.

Am 25. September 2006 heiratete Taras Ruditsch Aenne Kürzel aus Berge auf dem Standesamt in Fürstenau im Landkreis Osnabrück.

Aenne Kürzel und Taras Ruditsch nach ihrer Heirat

Nachtrag von Sabine Kürzel

Am 31. Oktober 2010 begleite ich gemeinsam mit meinem Mann Serhat meine Mutter und Taras nach Rheine bei Osnabrück. Wir sind dort bei Frau Ilse Pohlmann, die wir noch nicht kennen, zu Kaffee und Kuchen eingeladen. Taras hat viele Fotos zu diesem Besuch mitgenommen.

Frau Pohlmann ist die Tochter des früheren Oberfeldwebels Franz Altenbockum, der Taras damals am 2. Juni 1944 in Debrecen in Ungarn rettete und mit nach Deutschland nahm.

Durch intensive Nachforschungen über die Familie *Altenbockum*, die vor allen Dingen im Münsterland ansässig ist, hat meine Mutter Frau Pohlmann in Rheine ausfindig gemacht. Sie freut sich sehr über unseren Besuch, denn auch sie kennt von ihrem Vater die Geschichte des kleinen Jungen Taras, der bei dem Bombenangriff auf den Bahnhof in Debrecen seine Eltern und seine Schwester verloren hat. Auch sie weiß, dass ihr Vater damals den Jungen Taras gerettet hat und nach Ostdeutschland gebracht hat.

Taras und Frau Pohlmann zeigen sich gegenseitig ihre Fotos.

Frau Pohmann zeigt auch alte Fotos, u.a. ein Foto von ihrem Vater in Uniform und eine anderes Foto, welches ihren Vater mit Taras im Arm zeigt.

Taras hat die gleichen Fotos. Er hat sie über all die Jahre aufbewahrt.

„Immer wieder habe ich mich gefragt," erzählt uns Taras, „wie wohl Franz Altenbockum das Kriegsende erlebt hat, ob er wohl in seine Heimat zurückkehren konnte und wo überhaupt diese Heimat war, wo er überhaupt gelebt hat. So gerne hätte ich mich bei ihm bedankt!"

Wir gehen zum Friedhof in Rheine, denn dort liegt Franz Altenbockum begraben. Taras ist glücklich, dass er nun auch diese „Mission" erfüllen kann. Er hat einen schönen Blumenstrauß aus Berge mitgebracht und bedankt sich auf diese Weise bei Franz Altenbockum.

Taras mit Frau Pohlmann am Grab von Franz Altenbockum

Wir trinken Kaffee und unterhalten uns viel. Meine Mutter fragt Frau Pohlmann nach der Kindheit ihres Vaters und wo er aufgewachsen ist. Sie erwähnt auch ihren eigenen Vater, meinen Opa, der ebenfalls aus dem Münsterland kommt. Es stellt sich im Laufe des Gesprächs heraus, dass mein Opa *Josef Eckervogt* und Franz Altenbockum im selben kleinen Dorf, in *Aldenhövel*, im Münsterland aufgewachsen sind. Da die beiden etwa gleichaltrig waren, werden sie die gleiche Schule besucht haben und sich gut gekannt haben.

Aenne Kürzel und Taras Ruditsch im Sommer 2007 im Landhaus von Ala und Michail in der Nähe von Kiew

Die Autorin

Aenne Kürzel, geb.Eckervogt, wurde am 12. Oktober 1933 in Berge im Landkreis Osnabrück geboren.

Nachdem sie 1951 die Mittelschule in Berge beendete, machte sie eine Ausbildung zur Buchhalterin in Quakenbrück (Landkreis Osnabrück). Nach ihrer Ausbildung arbeitete sie in Bielefeld (Nordrhein- Westfalen).

1959 heiratete sie Klaus Kürzel und zog mit ihm nach Pfullingen bei Stuttgart.

1960 wurde ihre erste Tochter Heike Ursula Ines in Reutlingen geboren, 1962 zog die Familie nach Stuttgart.

Dort wurde 1964 die zweite Tochter Sabine Rosemarie geboren. Im selben Jahr zog die Familie nach Berge, Aenne Kürzel übernahm das elterliche Haus.

1968 wurde der Sohn Christian geboren.

Von 1970 bis zum Jahr 2000 führte Aenne Kürzel gemeinsam mit ihrem Mann Klaus die Geschäfte der Firma *August Bruns KG* in Berge.

Am 21. April 2004 verstarb Aenne Kürzels Ehemann Klaus.

Am 27. September 2006 heiratete sie Taras Ruditsch aus Kiew auf dem Standesamt in Fürstenau (Landkreis Osnabrück).